千川
繪｜Ooi Choon Lian
成爲家人的
可能性

目錄

楔子

思維定勢，也被稱為「慣性思維」，在條件不變的情況下，人們會根據曾經的習慣去判斷、去行事。這一特點讓人們在生活中大大減輕了大腦的壓力，減少分析資訊以及決斷的負擔。

沒錯，以「思考」為存在意義的大腦，為我們所做的一切，都是為了可以「不思考」。

一個人的習慣，成為了他的生活方式；而一群人的習慣，成為了社會運作的規律。千百年來，人們不斷地從這些規律中推導出適合自身的道德以及法律。

而這一切，不論初衷為何，都是為了讓人們不再思考。

習慣，可以讓人們不再思考一些道德的必要，不再思考法律是否完善；甚至，還讓人們無法從中脫離，不再思考另一種也許存在的「荒誕」。

但幸好，並不是所有人都會陷在習慣裡。總有人不經意抬頭看一眼天空，發現除了燈紅酒綠之外，還有璀璨星空。

總是有人異想天開，總是有人離經叛道。

「你、你剛才說什麼？」廖山月的表情，現在很難形容，如同便祕，不，應該是「在大家面前思考為何自己會便祕」的表情。

充滿了糾結、痛苦、尷尬等複雜元素。

即便是做為平常表情豐富、性格外向、生活作風無比奔放到常被人稱「廖渣」的他，也很難自然地表演出這樣的表情。

他此刻被嚇到了，看著自己的死黨，本能地捂住自己的臀部。

「我不是 Gay 啊！你是離婚太久所以憋瘋了嗎？我把你當兄弟，你竟然想上我！」

他一直覺得自己在一般人裡是個極為獨特的人，而他面前的這個死黨擁有和他同等級的怪異。但今天發現，他錯了，死黨的腦洞實在太過清奇，讓他一下子就被震住了。

「少自戀了，我也不是 Gay，可正因為這樣，我才覺得這主意很不錯。」程敘推了推鼻梁上的黑框眼鏡，神色平靜。「我再說一次，廖山月，我沒有開玩笑，我們結婚吧。」

廖山月腦子亂成一團，毫無邏輯地想著，心裡很抗拒，但腦子裡的思考卻讓他的眼睛越來越亮。

廖山月，人送外號廖士奇，他表面奔放，內裡更奔放，奔放得連自己都控制不住自己。

這是腦子進水才會誕生的主意！

他批判性地想著，可下一刻又覺得——這可真有意思。

第一章　講師和教練

山南大學社會學部，下午三點半，一堂名叫「人類關係」的選修課已經上了大半。

這門學科學分好拿，大部分情況下，只要出席率合格，學分基本就沒什麼問題，但要拿A以上的成績卻並不容易。

程敘是這堂課的講師，這是他進入這所大學的第三年。

「上堂課讓大家大概瞭解了人際關係三維理論，如果認真聽課的同學應該能夠理解，『包容需要』、『支配需要』、『情感需要』是每個人天生就有的需求。如果在早期得不到這方面的滿足，自然會影響部分性格，特別是面對環境的壓力，會有不同的表現；甚至在極端情況下，會誕生一些悲劇。

「可即便有這些風險，人們依舊會互相聯繫，一起生活。為了規避這些風險，人類關係有很多種相處模式，而滿足了這三種需要，關係便會趨於穩定。最普遍的例子就是家庭關係，這種關係被認為是最長久也最穩定的一種，有人知道這是為什麼嗎？」

這個問題提出來後，教室裡的部分學生各自露出思索的表情。問題很淺白，但一下子，卻不是所有人都可以準確回答出來。

「這個問題，期末加一分。」

這是程敘上課的規矩，每堂課他總是會拋出幾個可以加分的問題，要求答對的題目加兩分，不要求對錯的加一分，來讓學生參與。

而最後那些拿到A甚至S成績的，幾乎都是那些經常回答問題的學生。如果依舊沒有人回答，他就會隨機點學號，但這種，就不會有加分的福利了。

一位女生舉手了，在程敘的示意下，她用不太確定的口吻說道：「因為相比別的關係，有血緣關係，所以會更加注意維護彼此的關係吧？」

「確實有這方面的原因，對於生物來說，將DNA盡可能地遺傳下去是一種本能，而因為這種本能，確實會給人一種可以信賴的感覺，但是……」程敘推了推臉上的黑框眼鏡，眉間微微皺起，看上去他不滿意學生的回答。「既然在學這門課，我希望大家可以得出更專業，或者說，更理性的回答。謝謝這位同學，請坐。還有人有不一樣的答案嗎？」

接下來，各式各樣的答案開始出現了。

「親情！」

「因為經常在一起！」

「沒地方可去自然只能回家啊……不喜歡也會勉強自己吧。」

程敘終於放棄了，他不得不承認，以當前條件下，要讓學生來答出這個答案多少有點強人所難。「大家說的都是很重要的一些因素，不過，大家不用把這件事想得那麼複雜。歸根結柢，家庭的穩定來源於『依賴』，想要生存下去，不想一個人面對所有壓力的『依賴』。

「也就是說，家庭的關係最重要的不是彼此之間的情感，而是在生存壓力下，彼此所誕生的『依賴』；而如果沒有這種『依賴』的話，人們大部分的關係都沒有辦法長久維持。所以從這個角度說，我們大多數的情感幾乎都是為了圍繞『生存』兩個字誕生的幻覺。

「從根本上來說，這其中並沒有大家想像中的感性，而是刻在生物DNA裡的生存模式，所以各位同學，想要和某個人保持長久的關係，不論是親情也好，還是友情也好，或者是愛情也好，學會依賴對方，並讓對方盡可能地依賴你，千萬不要強調『獨立自主』。」

「老師，我家就覺得我不夠獨立呢，老說我在家懶得做家事，懶得整理房間什麼的，他們好嫌棄我。」在教室後排，一個男生大剌剌地靠在椅子上。「所以我家雖然在市區，他們也不讓我通勤，照你這講法，難道我這些問題沒了，會影響我的家庭關係嗎？」

「當然，為什麼不會影響？影響是顯而易見的。」

「呃？」

「『獨立』這種事，你覺得是什麼時候可以發揮作用？」

「……」

「離開家的時候，特別是你自己組成了新的家庭後，你對自己原生家庭的依賴會逐漸降低。即便很多人不願承認這點，但事實上，原生家庭的優先順序在這些人心裡不可避免地降低了。」

程敘說到這裡，目光驀然一凝，他發現有個熟悉的人影在教室門口站著，挑了挑眉毛，沒有理會，繼續講解。「也就是說，想要擁有一段穩定的人際關係，『家庭』這種模式是最好的，因為『家庭』可以給人和人之間的感情上加一道保險。那麼在這個基礎上，我來考你們一個問題，一人只有一次機會，下次上課的時候，可以回答，如果答對了，期末加兩分。這禮拜你們可以想想看。愛情、親情、友情……最靠不住的，是哪一種？為什麼？」

下課了，剛才上課的學生已經離開，而新的學生陸陸續續進來。程敘整理好資料，確認沒有遺漏後，便抱著自己的資料夾，走到門口停下，和在門口等著的廖山月說道：「今天沒生意啊？」

「被學員放鴿子了。」廖山月聳了聳肩。

他半年前辭去廣告設計師的工作，去當了健身教練。目前還算順遂，雖然薪水並沒有比以前高，但已經沒有那麼忙了，很少有需要加班的情況。

廖山月在大學時期就不斷換工作，程敘原本以為在畢業後他會穩定一點，卻沒想到這人一如既往地浪，定不下心，不斷地換工作，把見異思遷的風格發揚到了極致。

對了，就連約會他都是這個態度，所以他根本就不想結婚。

結婚？拿個證書宣布自己被對方所有，然後每天晚上接電話回覆自己是否出去鬼混？神經病！這婚誰愛結誰結！尤其有幾個人，明明說好了就是逢場作戲，結果後來硬要天荒地老……這社會現在分毫誠信也無，說食言就食言，世風日下啊！

可惜人生在世，一物降一物，無法無天的廖山月拿自家老頭一點辦法都沒有；而廖老爺子又是那種希望傳宗接代、香火不斷的傳統老男人。

早年廖山月離家的最初導火線，就是因為有女生竟然找到了廖山月的家，說懷孕了——雖然最後知道是假的。

但廖老爺子那時候才知道，兒子竟然是傳說中的渣男，他一向信奉「不以結婚為目的的戀愛都是耍流氓」，沒想到廖家一脈相承的老實厚道竟然在兒子這裡斷了根。他滿臉愧疚地把女生勸回去後，便拿出一把菜刀在家門口大馬金刀地等著，作殺氣騰騰狀。

廖山月回家一看這陣勢，一句話不說轉身就跑，頭都不回。

而廖老爺子看到兒子的反應，愣了一下之後，頓時勃然大怒，本來只是想作戲教育教育，結果脾氣一上來乾脆玩真的了，抄起菜刀追著廖山月跑了半個社區。

要不是鄰居嚇得上去抱住發瘋的廖老爺子——估計廖老爺子當時就可以進一趟警察局。

因為這件事，最終雖然沒有釀成什麼流血事件，父子兩人卻大吵一架。

也就是那一次之後，廖山月便離了家，至今已有兩年。倒不是父子倆在冷戰，而是廖山月實在是怕了自家這位老頭，極度嚮往自由的他和這種老男人根本無法相容。廖老爺子找了廖山月幾次都見不到面，自然也明白兒子的意思了，便生了悶氣回家了。

幸好程敘偶爾居中調和，兩父子雖然沒有見面，但也不是從無交流。

「所以你今天是來辦事的吧？都考慮一個禮拜了，也該考慮清楚了。」程敘滿意地點點頭，他掏出手機看了下時間。「今天時間應該夠，那我們一會就去找證婚人……」

廖山月冷笑一聲，他特別看不慣好友獨自帶節奏、完全不顧別人跟不跟上的態度。「少獨斷專行了，你這種荒唐的主意，你以為誰會……」

程敘皺眉。「你到底去不去？」

「去！」廖山月回答得很乾脆，但表情倒是很不情願。

他等著程敘收拾好，跟著對方一塊下樓，進了地下車庫，上了一輛白色的本田後，廖山月忍不住開口問道：「關於這件事，你為什麼選我啊？」

「因為我花了一年多的時間，找不到合適的女人結婚。雖然試過參加別人安排的相親，可每次只要我一提自己想要盡快結婚，還要爭小星撫養權的事，基本就沒戲了。」程敘嘆了口氣。「所以只能找你湊合一下。」

「……這種買不起愛迪達最終買了阿迪王（註1）的比喻是不是太過分了點！」

廖山月只覺得胸腔一悶，發現自己的價值在無形中下降了好幾個等級。「而且也沒必要這麼著急啊，你跟我不一樣，正常結婚慢慢來就好啊……」

「很著急。」

「為什麼？」

「離婚的時候，我那兒子只會叫我『發發』，連爸爸這個發音都發不準。」程敘把車鑰匙一扭，汽車發出了略帶火氣的轟鳴聲。

「然後？」

「然後因為許晴在離婚後換了工作，她每次都把孩子也帶上，我差不多一年多沒見到小星；也就過了這一年多，小星看到我的時候，見面就跟我來了句『好久不見』。」程敘臉上沒什麼表情，但廖山月卻能感覺到他說起這件事時，那無比糾結的情緒。「你懂嗎？這種丟了人生重要片段的感覺。」

註1　一款低價品牌的鞋子。被國際運動品牌愛迪達起訴侵權，耗費五年的時間達成和解。

廖山月啞口無言。

這世界上，有些事總是很微妙。

這些感覺重要吧，仔細想想也沒什麼；可如果說不重要，讓自己不去在意，往往會發現自己整個人都變得不重要了，生命只剩黑白的單調。

那種單調不會直接帶來什麼傷害，只是偶爾，偶爾會讓人出現一些心血來潮。比如會衝著某個討厭很久的人臉上砸一拳；比如在地鐵月臺，看著奔馳而來的地鐵前燈，連自己都不知道為什麼，鬼使神差地一腳踏出去。

「所以我很急，他在長大，而我如果不成家……許晴就不讓兒子和我生活。」

廖山月不由得問道：「為什麼不讓？」

＊　＊　＊

「那個人除了活著，什麼都不會。別人想什麼他搞不清楚，他想什麼別人也搞不清楚，把小星交給他，我不放心。」許晴用臉頰和肩膀夾著電話，一邊翻著之前放在一邊的棕色皮包，似乎在找著什麼。「和他離婚，就是因為我不想再多照顧個成年大兒子！」

秀麗的臉上，滿是疲憊。

桌子對面是一位四歲的男孩，男孩長得很可愛，還是一個正在適應自己吃飯的年紀。他有些不安分地坐在墊高的椅子上，如蓮藕一般肉乎乎的手，丟下自己用不慣的兒童筷子，抓住一塊燉得酥爛、閃爍著油光的雞肉。雞肉表層裹著濃郁的醬汁不斷滴下，小傢伙卻不管不顧，試圖往嘴裡塞進去。

「小星，不可以用手！」許晴見狀，立刻從不遠處回來，在雞肉從孩子的手中掉下之前，攔了下來。許晴嚴肅地看著小傢伙。「乖乖吃飯，你都快吃一個鐘頭了！」

小傢伙不高興地噘嘴，毫不在意臉上的油漬，重新抓起筷子。「媽媽也不乖，不吃飯。」

小傢伙沒說錯，就在他的位子旁邊，屬於許晴的那碗白飯只挖了個洞。忙得連飯都吃不安穩的許晴更鬱悶了，她不知道別人家的孩子是幾歲學會和大人頂嘴，但她知道，這個年紀的孩子處於對任何事物似懂非懂的階段，她只好忍著心裡的煩躁，壓下火氣。

「媽媽有事情，你要乖乖吃飯，聽話。」

小星慢吞吞地夾了一塊茄子塞到嘴裡，嚼了幾下，腮幫子就不動了，開始含著食物，東張西望起來。

「吃飯要專心！」許晴輕輕拍了拍桌子，聲音不大，卻多少讓小星害怕了。

他老老實實地開始吃飯，但眼珠子卻骨碌碌地轉著，讓許晴知道……根本不能省心。

今天是許晴久違的一次休息，但因為一部分必須完成的工作，她還是把兒子送去幼稚園，到了快吃晚飯的時候才把他接回來。因為和老師聊了有些久，她還有一些事沒做，這讓她心裡有些著急，只想讓兒子吃完飯、哄睡了，她好專心把工作的事搞定。

許晴一邊盯著兒子，監督他吃飯，一邊和電話的那頭說著：「你別說了，我知道、我知道，上次我把孩子交給朋友一個月當然沒問題，但半年？這不可能！」

「叮咚！」

門鈴響了，許晴皺眉，和電話裡的人說有客人後便掛了電話，一邊走一邊和兒子說道：「好好吃飯啊⋯⋯」

「叮咚！」

還不等許晴走到門口，門鈴便響了第二次。這在她看來，是一種沒有耐心，也不顧及他人狀況的表現，讓她對門口的人頓時缺了三分好感。

她一邊開門，一邊想著：就跟那個腦子缺根線的人一⋯⋯

哦，就是他！

許晴恍然，看著眼前的人，隨即皺眉。「你來幹什麼？」

來人正是她的前夫程敘，以及背後衝她擠眉弄眼、使勁表現存在感、卻被她無視掉的廖山月。

「好久不見啊，學姊！」廖山月見許晴不理他，吸了吸鼻子，笑問：「在吃飯呢？」

廖士奇之名除了喜歡亂來，鼻子也是靈到讓人驚訝。

「沒你的飯。」許晴冷冷地說道，一點面子都不給。

若是廖山月一個人來，許晴也許會接待，但跟著程敘一起過來，她自然沒有什麼好臉色。

程敘指了指門口的門鈴。「妳門鈴接觸不是很好，該換了。」

你上門就是來教我做事的嗎？

許晴更不悅了，她冷冷地說道：「和你無關，你到底有什麼事？」

程敘也沒有敘舊的意思，直接單刀直入。「我要結婚了，需要妳來做證婚人。」

許晴一愣，隨後她就感受到一股怒火，因為連續的疲憊、對未來的焦躁，讓她忍不住冷笑著嘲諷。「在離婚前，我覺得你就是個無藥可救到極點的人，沒想到我錯了……你無藥可救還在『發展期』，根本不存在『極點』啊！」

面對許晴的譏諷，程敘臉露茫然。「啊？」

「滾，我沒時間和你浪費！我很忙的！」許晴直接把門重重關上了。

廖山月聞言，在後面幸災樂禍——找前妻當證婚人，能給好臉色才奇怪呢！

當他知道程敘準備來這裡找許晴的時候，他就期待會發生什麼了。

程敘對著關上的門沉吟良久，有點不確定地問廖山月。「我才說了一句話而已，她就好像生氣了？是不是因為生理期？」

廖山月忍著笑。「你做人要自信點兒，把『好像』去掉！」

「是嗎，果然是因為生理期？看來下個禮拜再來會比較好。」

「……她確實是生氣，但理由在你好嗎？」

「不管什麼理由，今天看她的樣子是沒辦法談了，本來還想見見……算了。」

程敘話說了一半頓住了，搖搖頭，轉身就往樓下走去。「下次再來吧。」

廖山月看出程敘的沮喪，跟上去問：「一定要找她嗎？」

「當然，如果她不認可我的家庭組成方式，她不會讓小星跟我生活的。」程敘越走越快，廖山月跟在後邊也不斷加快腳步。「所以首先要確定這一點才行，否則這婚不是白結了？」

「你走那麼快幹麼？」

「餓了，吃飯。」

這裡曾經是程敘生活過的地方，只是在離婚後，房子經過協議給了許晴，方便她照顧孩子。所以，這附近程敘還是滿熟悉的，雖然有段時間沒來了，街上的店面已經變了好多家。

但程敘要找的只有一家店，據說幾十年價格都不變，據說因為店本就是老闆家的一部分，所以也沒什麼房租壓力。

手藝不算頂尖，但絕不存在糟蹋食材的情況，特別是各式各樣的炸物咖哩飯，算是他這家店的招牌了。這家店的店長曾經是個菸癮很大的大叔，姓葉，所以店名就很樸實地叫老葉食堂；不過自從他老婆懷上了第二胎後，他便開始控制吸菸的頻率了。

現在，只要老婆在店裡算帳，他經常就是叼著一根菸，卻不點燃。菸癮極大的他，臉上不由得做出殺氣騰騰狀。

新的顧客看他那副表情也許會望而生畏，老顧客裡卻有很多人喜歡調笑他。

「飯後一支菸，快活似神仙吶～」一位穿著黑格四角褲、白底汗背心、腳踏人字拖的中年男人做出極為浮誇的陶醉狀，眼睛卻因為笑意被壓成了彎彎的細線，在咬牙切齒的老闆面前說道：「我去抽菸了，要不要一起啊？」

還在顧店的老闆自然不會跟著去，他叼著的那根菸隨著他說話的樣子不斷上下抖動，略帶含糊地罵道：「你是下課時間要找同學一起上廁所的小學生嗎？噁不噁心！滾！」

中年男人也不生氣，哈哈一笑，就自己往外走了。現在有個孕婦在店裡，老客戶自然就會走出去抽菸。平常的話，基本上沒人把店裡略微泛黃的禁菸標誌當回事——反正是老闆帶頭抽的。

他一邊走一邊替手上的菸點火，隨後發現迎面而來的程敘和廖山月，他微微一愣，沒有說話，只是點了點頭就算是打過招呼了。

程敘在這裡雖然住過不少時間，認識他的人不少，但因為其和常人迥異的脾性，人緣雖然不能說差，但能和他說話的鄰居確實少之又少——尤其是離婚之後。

「兩份咖哩起司夾心雞排飯，一份不辣，一份重辣。」

「店裡吃還是帶……」正低頭攪動咖哩鍋的老闆聞言，本能地問話，抬起頭的同時卻看到了程敘。「喲，是你這木頭啊，好久不見，店裡吃？」

「嗯。」

「先說好，我家的咖哩稍微改了一下，比之前還要辣哦，確定可以吃？」

「沒事。」

待兩人走進店裡，廖山月便問程敘。「你跟那老闆挺熟的？」

「嗯，小星喜歡吃這家的東西，我還在的時候，一家三口每個禮拜至少會來這裡吃一次，他滿喜歡這裡的咖哩，就記住了。」程敘說到這裡，似乎回憶起什麼，他微抬下巴。「這家店還是我帶他來的。」

「嗚哇……」廖山月如同看到了慘烈的車禍現場，神情糾結，一副不忍看卻又想看的德行。「你這一副好像立功一樣的表情，真的讓我好不習慣，是不是結婚了、有孩子後都會變這樣啊？」

程敘搖搖頭。

「結婚、生孩子是不會改變人的，結婚、生孩子，只是讓你發現自己原來是這樣的人而已。」

第二章

前夫和渣男

這裡的咖哩飯的飯碗是不鏽鋼製，形狀如同小船一般。白飯以橢圓狀的形式占了小船左邊的大半，而熱騰騰的咖哩則被淋在右邊，被切成塊的炸雞排被排在最上面，中間淡黃色的起司從雞排中間極為奢侈地流出來，部分滲到了飯粒上，融進了混著胡蘿蔔、洋蔥和馬鈴薯的咖哩湯汁裡。

「熱量看著很高啊……」正在當健身教練的廖山月眼角一抽，他最近雖然處於想要增重的時期，但這類食物毫無疑問熱量是超標的。他抬頭問對面正吃得滿頭大汗的程敘。「你怎麼都不問我吃什麼就點了？」

用紙巾擦了擦額頭上被溫度和辣度刺激出來的汗珠，程敘輕呼一口氣。「我點的時候，你也沒反對啊。」

廖山月一愣，總感覺這回答莫名耳熟，沉思良久，恍然大悟，這是他幾年前和某個女孩的對話。

「都沒來得及表白，怎麼就……」

「我帶妳去開房間的時候，妳也沒反對啊……」

想到這裡，他頓時有一種被占便宜的錯覺，怒視程敘，還不等他說話，就聽程敘說道：「這頓我請。」

「『貧賤不能移，威武不能屈』聽過沒有？」廖山月神色肅然，一副不為外物所動的樣子，隨後他轉頭大喊一聲。「老闆，再外帶一份雞排！」

「好的。」

程敘搖搖頭，沒有對廖山月的無節操行為做出評價，只是說道：「趁熱吃。」

聽他這麼說，廖山月就拿起湯匙，他注意到湯匙的邊緣比想像中的還要薄，甚至還帶著細微的鋸齒，心中一動，便將其往一塊炸雞排上一切，只聽一聲細不可聞的脆響，湯匙切入了被炸得酥脆的麵衣，順暢地把雞排切了一小塊下來，最後陷入了沾著咖哩醬汁的白飯裡。

觸碰食物的唇瓣微燙，廖山月小心地將那一小塊沾著咖哩的炸雞排混著湯匙底的米粒送入嘴中。堅硬的麵衣被咖哩軟化了表層，但咬下去的瞬間卻依舊能感受到些許的酥脆，隨後便是來自雞肉的肉汁混著脂肪，連帶著咖哩一起包裹住每一粒飯粒。

超香的！

廖山月精神一振，濃郁的咖哩香味在口腔中擴散，沒有想像中日式咖哩的甜度，反而有著一股帶著近乎刺鼻的香味，再配合刺激舌頭的些許辛辣，重口味的風格幾乎讓廖山月抵不住，可立即便因為最後溢出的起司，使其化為了充滿餘韻的鹹香。和一般口感柔順的日式咖哩完全不同，開頭如同一記重拳，將美味從口腔裡粗暴地打散，滲入全身，好像完全不顧進食者的口腔是否能夠承受，之後便被最後才化開的起司溫柔地安撫，讓廖山月幾乎上了癮。

「第一次來這邊吃？我們家的咖哩是用印度的那種，還合口味吧？」大著肚子的老闆娘笑咪咪地問道。

廖山月衝她豎起大拇指，一邊嚼著食物，一邊含糊不清地說道：「超讚！好吃死了，下次還來！」

老闆夫婦相視一笑，神色中滿是默契和得意。

過了大概十分鐘，程敘輕呼一口氣，拿桌上的紙巾擦了擦臉上汗漬。他臉上依舊沒什麼表情，看了一眼在門口忙碌的老闆夫婦，走過去把帳結了。

老闆娘收完錢，又把外帶的雞排打包好遞給程敘，而後看他依舊站在面前沒動，嘆了口氣。「他們至少一個多月沒來了。」

程敘抬起手，用左手小指抓了抓莫名發癢的眉毛，他站在原地醞釀了好久，張嘴欲言，最終卻只憋出了一句「謝謝」。

他略顯僵硬地回到之前的位子上，一言不發，店裡開著的電視機發出一陣歡樂至極的笑聲，在他耳中卻顯得分外嘈雜。

廖山月正把最後一塊雞排包裹著咖哩飯嚥下，一邊咀嚼，一邊看著面前的死黨，含糊不清地問道：「有事？」

「我沒事。」

「哦，那就是母子有事了？」

「嗯。」程敘低下頭，用小指抓了抓前額，動作不大，但廖山月知道他有些煩躁了。「以前都是一個禮拜帶小星來一次的，小星很喜歡這裡……再加上離家近，價格也親民，所以無論從時間角度還是經濟角度，都是很划算的；居然沒來，總是不正常的。」

「單親媽媽嘛，忙一點總是正常的。」廖山月抽了張紙巾擦嘴，他說話的時候看上去沒心沒肺，完全沒顧忌程敘的感受。「別吹毛求疵了，你現在也就出一張嘴而已，你也沒法證明你一定可以做得比她好啊。」

我倒是想出更多的力，可她不肯啊……

程敘沉默不語，倒沒有生氣，因為他自己也必須承認這個事實。

事實上，即便在離婚前，他獨自照顧孩子並不會出任何問題的日子，真的屈指可數。

「喂，有沒有想過復合？」廖山月問道。

「沒有。」程敘的回答一點猶豫都沒有。

廖山月瞪大雙眼，作不可置信狀。「你連找我結婚這種歪招都使出來了，居然沒想過復合？你是不是有病啊？」

「我們都對對方有過高的期待，我期望她能更理性些，她期望我能更體貼一點。現在我知道她做不到，她也知道我做不到，自然不會想。」程敘說到這裡，頓了一頓，隨後看著廖山月，吐出一句讓他極為不爽的話來。「你的話，我不會期待什麼的，不容易有矛盾，正好。」

雖然我對自己沒什麼期待，不過你也沒好哪去吧？

廖山月翻了個白眼，還不等他說什麼，就聽到程敘「啊！」了一聲。

「幹麼？」

程敘滿臉肅然，他顯得懊惱極了，拍了拍自己的腦袋。「我明白許晴為什麼生氣了，你說得沒錯，她生氣的原因果然在我。」

廖山月滿是欣慰，露出堪稱老父親般的慈和笑容。「你總算開竅了？真不容易啊，總算有長進了，我就沒見過像你這種……」

「我這個月的贍養費還沒寄呢，以前不會拖那麼久，最近有點忙所以遲了，而許晴估計不好意思催我吧……」程敘喃喃自語，然後他看到笑容逐漸僵硬的廖山月，頓時有點不自在。「幹麼？」

廖山月驀然有了一種想嚎啕大哭的衝動。

他一言不發，擺了擺手示意自己無話可說，而後自顧自地倒了一大杯水，拿起杯子就咕咚咕咚喝了起來。

這喝水的氣勢，頗有一種電視上主角受刺激時買醉的頹喪和絕望——

讓我死吧！這人沒救了！

＊　＊　＊

第二天，廖山月決定打電話給許晴解釋清楚。程敘這個人太讓人絕望了，他也不忍心讓這個死黨在一面可笑的南牆（註2）上撞了一回又一回後，得到了「頭不夠硬」的結論，然後繼續去撞……

最終還是得靠本天才啊！否則就老程這腦袋，能辦成的事真不多啊！

天不生我廖士奇，老程人生如長夜！

廖山月得意洋洋，只覺得自己實在太會幫哥兒們排憂解難了，渾然忘了自己的身分也很詭異。

所以接下來發生的場面讓他有點尷尬。

當電話通了以後，廖山月爽朗地打招呼。「喲，學姊，早啊，有事找妳幫忙，現在方便說話嗎？」

「早，方便是方便，不過現在有點忙，一會我還有會要開，你盡量長話短說。」許晴的聲線略帶疲憊，但看在是老熟人的分上，她倒是願意擠出時間來。

「我要結婚了，麻煩妳當下證婚人吧。」

許晴一愣，隨後語氣中出現了笑意。「哦？你終於要結婚了，倒是恭喜了，

註2　出自俗諺「不撞南牆不回頭」，形容人固執、不肯死心。

是怎麼樣的女生啊？」

廖山月哈哈一笑，語氣輕鬆。「沒有啦，是程敘，我跟他結婚。」

「……」

「……喂？」電話那頭一直沒有回應，讓廖山月懷疑是不是訊號出了問題。

而後便是許晴冷冷的聲音傳了過來。「你太閒的話就去醫院看看腦袋，是被女人打耳光打傻了嗎？神經病。」

熟知廖山月秉性的許晴自然一個字都不信，因為她不光知道廖山月在情場的戰績，也知道廖山月是不婚主義的擁護者，現在打破原則和性向，和程敘結婚？

這笑話不好笑。

所以她直接就把電話掛了。

廖山月頓時茫然，他沒料到自己才剛進入話題就被這樣對待了……他很多話都沒來得及說。

這怎麼跟我想得不大一樣呢？我這是也說錯話了嗎？

咦，我為什麼要說「也」呢？

廖山月認為自己和程敘最大的區別就是，程敘失敗一次以後，同樣的方式一般他不會用第二次，因為他覺得自己失敗是有理由的；而廖山月不一樣，他一向堅信……只要意志堅定，就沒有他撬不開的牆！

搶人家情人有違他泡妞不惹事的原則，但這對夫妻不是已經離婚了嘛！

正所謂只要鋤頭揮得好，沒有牆角挖不……嗯，不對，應該是就算名草已有主，偶爾也能鬆鬆土……嗯，也不對。

不管如何，總之再來一次就是了！

林北這輩子還沒搶過男人呢！

廖山月此刻已經被一股新鮮感燒壞了腦子，得意洋洋的樣子讓旁邊正在努力做划船動作的健身房館長搖搖頭。如果當初面試時他就看到廖山月這瘋瘋癲癲的樣子，估計是不會招他的，嚇跑客人多不好啊。

至於現在嘛……這小瘋子還是滿好玩的。

想到這裡，館長笑吟吟的。

而這時打了第二通電話發現被拒接的廖山月衝館長揮揮手。「老大，我下午想請假！」

「滾！不准！你下午不是還有一堂課嗎？」

的。」

「哎，反正今天這位老兄肯定又要放我鴿子了……我相信他不會讓我失望

館長額頭的青筋暴起，他瞪著廖山月，咬牙切齒地說道：「教練的其中一個職責是督促！督促！不要老讓人放你鴿子！更不要期待別人放你鴿子！」

話音剛落，廖山月的手機便發出接到簡訊的聲音，然後一字一句唸給館長聽。「『不好意思啊，廖教練，今天比較忙，沒有空過來了，下次再約。』」

館長的臉頓時黑如鍋底，他頓時想起了被他忘記了好幾次、卻會被重新喚醒的記憶——這小瘋子雖然好玩，但也很氣人。

「沒錯吧？」廖山月嘿嘿一笑，對館長眨了眨眼。「這種只買了最少次數課程套餐的胖子，大多都是沒有下定決心的，開頭練了幾次還沒來得及看效果，就渾身痠疼到不想繼續了……除非有什麼特別的契機啦，比如找個女朋友？」

「那就給他介紹個好對象！」

「老大，我們不是搞健身的嗎？為什麼還要做聯誼的工作？」

「因為我有個整天用各種見鬼理由來請假的員工！」

「好嘛，不行就不行，凶什麼。」廖山月嘟囔著，悻然走開，走到一半的時

候，還是回頭，又問了一句。「真不行啊？」

「滾！」

廖山月從善如流，趁老闆不注意，他真的「滾」了。當然，他手裡還拿了一疊傳單，好歹也為健身房做點兒廣告宣傳上的貢獻。

他叫了一輛計程車，到了許晴工作的地方停下，臨下車前塞了一張健身房的宣傳單給司機，說如果拿著這張單子過來，那天他要是剛好上班，就給司機送兩堂課。

司機摸摸自己翻出的肚皮，隨手把這張傳單就丟到車窗外，看著遠去的廖山月，撇撇嘴。「跑這麼遠，手上還拿疊宣傳單，也是閒的，真以為人人都有時間健身啊……」

如果廖山月還在這裡，他一定會回答——學學時間管理啊！我教你啊！某藝人的絕學我是深有體會，只要腎好，包學包會。

是的，廖山月就是這樣一個樂於助人、同時也樂於氣人的人。

回了一下健身房館長的訊息，然後自拍了一張他正在街上發傳單的照片，以平息館長的怒火。反正沒有他的會員過來，他留在店裡也不會有什麼工作上的貢獻。

相比一般的工作，廖山月選的這個健身房收入並不算穩定，但勝在相對自由，只要每個月能夠拿出成績，館長倒是還能忍受廖山月想一齣是一齣的工作方式。

推開了透明的玻璃門，廖山月對著門口服務臺的短髮女生露出了大大的笑臉。「嗨，好久不見。」

短髮女生抬頭，見到是廖山月後，愣了一下，她的眸子頓時亮了起來。

「哦，山月，辭職以後就沒看過你了。」

「妳這麼惦記我真讓我感動，不過妳感覺好像瘦了欸……有好好休息、吃飯嗎？」

「哦？是嗎？我都沒怎麼注意呢……」女生摸了摸自己的臉，好像在確認是不是真的瘦了。

「莫非是想我想瘦的？」廖山月厚著臉皮，笑嘻嘻地問。

「去死啦！」女生臉一紅，沒好氣地罵了一聲，但廖山月發現她眼裡沒有一絲一毫的怒火，於是他笑得更開心了。

「哎，說真的，妳生氣還是滿可愛的欸，一個忍不住就想逗逗妳了……哦，對了，許晴她最近怎麼樣啊？」

「就那樣囉。」女生說到這裡，狐疑地望著廖山月。「怎麼了？你關心她幹什麼？」

「想找她幫個忙，不過她似乎最近很忙哦？」

「是啊，超忙的，她今年做的一個案子很成功。聽說公司有個國外培訓，她好像有機會被挑中的樣子哦。」

「哦，厲害啊，不愧是精英啊……」廖山月用鼻子發出一聲感嘆，目光卻移了開去，若有所思的樣子。「看來真的很忙。」

許晴總算在六點之前結束了必須在公司完成的工作，她匆忙地和那些還在加班的同事打了聲招呼，整理好東西便一陣小跑。她走到電梯門口，看了一眼顯示還在一樓的電梯，便轉身推門，從安全梯間往下走。

兒子還在幼稚園，她必須要趕快去接他。

人是一種很喜歡做比較的生物，該比較的、不該比較的，都會去比。因為人總是可以從他人的羨慕，或者嫉妒中得到快樂，以及，從他人的歡笑中，感受到自己內心的失落。

小孩子的世界沒有大人的那麼複雜，所以他們沒有太多的東西可以比較，但並不是沒有。比如說……誰能被家長第一個接走。

在很多幼稚園裡都有這個風氣，彷彿越早被大人接走，就越能顯示自己被大人寵愛，就越能顯示自己比其他孩子更為幸福。

越晚被接走的孩子，會一點一點感受到寂寞。一個教室的人聲從嘈雜嬉鬧，變得連咳嗽聲都刺耳到清晰可聞。

許晴沒有辦法成為幼稚園裡第一個接走孩子的人，但她絕不想成為最後一個接走孩子的人。之所以這樣，並不是因為她對其中一位幼師微笑中卻摻雜些許的不耐而感到煩躁，而是她不想看到兒子在這種事上，露出那略顯委屈的表情。

尤其是在離婚後，她在某方面也變得更為敏感。她不想讓小星和其他孩子有什麼不同，特別是不希望小星因為缺少父親的陪伴而變得和其他孩子不一樣。

這是一位母親不容妥協的倔強，但其中，也有著沒有辦法抹去的自我懷疑。一遍遍告訴自己「我可以」，卻也意識到，這是一種蒼白的自我催眠——到此為止，不可以再想了。

許晴是一位優秀的女性，她也比大多數人更懂得調節自己的情緒和思緒。在很多時候甚至可以在思考到某一點之前，意識到思考下去的後果和情緒是什麼，從而去決定是否有必要繼續這樣思考。

這近乎一種第六感，一種生存的本能。

也許有人覺得這是逃避，但何嘗不是一種自我克制？

「喲！」

一聲隨意而熟悉的招呼讓許晴略帶不耐地轉了下頭。「我以為你發神經應該是會講成本的，結果你居然還特地過來，我沒時間陪你鬧。」

廖山月勃然大怒，他覺得自己受到了汙衊，他怒問：「我看上去是那種喜歡鬧的人嗎？」

因為曾在這裡工作過一段時間，有不少人都認識廖山月。所以在聽到廖山月的話後，幾乎所有認識他的人都停下腳步，充滿默契地看著他，一言不發。

很明顯，比起廖山月是不是這種人，大家對他竟然還有臉問出這種問題顯得更疑惑。

大廳裡一下子陷入死寂，尷尬得讓人彷彿聽到了寒冷的北風聲，恍惚中，甚至連那一片殘破落葉打轉的樣子也歷歷在目。

「咳，我承認，是稍微有點喜歡啦。」

時間似乎重新流動了起來，人來人往。

許晴哼了一聲，不再理他，而是自顧自地往前走，後面的廖山月急忙跟上。

「喂喂喂喂，是真的有事，妳就稍微……」

許晴頭也不回地打斷他的話。「有事也不等，我要去接孩子，沒空和你聊天。」

「我陪妳去啦！」廖山月快步走到她身邊，側著身子討好地說道。

「我憑什麼讓你跟著去？」

「我幫妳抱孩子啊！」

「不用。」許晴冷冷地道：「我兒子會走路。」

「那我叫車送你們？」

「不用，我有車。」

「那我請你們吃飯！」

「不用，我家裡有現成做好的。」

許晴油鹽不進的樣子讓廖山月頭大如斗，他搜盡大腦裡的所思所想，都沒有想到有什麼是許晴需要、而他剛好能幫上忙的，情急之下，他靈光一現——

「那家咖哩店，很久沒帶他去吃了吧，我請你們啊。」

一直在快速前進的許晴一下子頓住腳步了，廖山月一個沒反應過來，沒剎住多往前走了兩步。他略帶疑惑地轉過頭來，卻發現許晴眼裡冒出的怒火，心裡驀然一驚，立刻意識到事情大條了。

糟糕！說錯話了！

還不等他說什麼來補救，許晴手上的包就衝廖山月猛地一下子丟了過去。

「是他讓你來給我找碴的嗎！」

許晴咬著牙，眼眶微紅，她氣得臉都白了。「他是想說我讓孩子受委屈了嗎？」

「沒有、沒有，妳別誤會！沒人這麼說，沒人這麼說啊！」廖山月都不敢躲，臉上紮實地挨了一下後，順勢雙手抱住了包。他左右看了下，看到周圍路過的人略顯困惑的眼神，也不尷尬，逕自上前。「我是真的有事跟妳商量，我跟妳說啊，這事如果真的搞定了，對妳也有好處……哎，妳別不信啊！我特地過來，就為了惹妳不高興罵我一頓嗎？我這人也許是喜歡鬧，但我真的不賤啊！」

「……」許晴的胸口微微起伏，她好不容易才平復了情緒。

她並不是一個易怒的人，可生活往往可以用油鹽醬醋把一個聖人變成一個渾身塵土味的俗人。必須承認，離婚的時間不短，可還沒長到讓她可以適應的地步，也沒短到讓她可以一直保持著離婚時因為憤怒而誕生的意志力。

長期的工作壓力、孩子在逐漸懂事過程中那些糟心的事，一點點在逼迫這個女人妥協，妥協得有了一肚子火。直到今天，廖山月那張管不住的嘴，塞了最後一把可以被點燃的稻草進來。

「那你跟我上車。在接到兒子前，你可以說這事，但如果我沒興趣，你就自己回家吧。」

廖山月頓時大喜過望，忙不迭地點頭，唯恐許晴反悔。「好啊、好啊，那我們走。」

許晴沒有動身，而是伸出手，看著廖山月一言不發。

廖山月茫然。「幹麼？」

「把包還我！」

「妳工作多辛苦！我幫妳拿呀學姊！」廖山月的態度狗腿得一塌糊塗，那討好的樣子讓原本暗怒的許晴忍不住發笑，卻迅速收斂起來，肅然道——

「少廢話！裡面還有我車鑰匙呢！快還我！」

「哦……」

第二章 勸說和危機

天空呈現略帶掙扎意味的暗橙色，路上的燈光開始漸漸變得顯眼，直到第一滴雨點落在車窗上，將那一點點清晰的燈光暈成了朦朧的光斑。

許晴坐在駕駛座上發愣，直到後面的車按了喇叭，才意識到前面的紅燈已然轉綠，於是連忙發動車子。

不是開玩笑。

不是發神經。

他們是真的要結婚。

早就知道自己的前夫是一個古怪的人，古怪到沒有多少女人會真的喜歡他那種性格。以前她以為自己是例外，後來發現這只是一種天真。

因為曾經對前夫的怨憤和失望，在離婚的時候，許晴覺得自己即將得到解放，她將帶著兒子一起踏入正常幸福的人生，也許辛苦，但終究是幸福的。

她判斷力不錯，但也僅僅只是不錯而已，所以她只猜中了辛苦的那個部分。

所以，偶爾，只是偶爾，她會希望自己的生活中，沒有那個孩子的身影。可每一次發現自己內心有這樣的期盼後，她又被深深的罪惡感折磨。

她不斷地告訴自己，多努力，等孩子再稍微懂事點兒，她就可以輕鬆很多了。

她對自己的工作還算滿意，同僚有競爭，但還算友好；上司在時間上也並不對她苛刻，只要能把成果交出來，所以對她的遲到早退偶爾也會睜一隻眼、閉一隻眼。

目前，無論在生活上，還是工作上，她雖然沒有達成自己預計的目標，但也還算馬馬虎虎，並沒有落後太多。

可她確實很累，累到完成工作後，已經沒有精力去體會那種成就感；累到哄睡孩子後，再也沒有辦法痴迷地看著他肉嘟嘟的睡顏，直到自己不知不覺地睡著。

她不知道是工作拖累她對孩子的愛，還是孩子懈怠了她對自己人生目標的拚勁。

每一次這麼想的時候，她總會想到那個在自己眼裡幫不上什麼忙的前夫，並且感到奇怪，印象裡他明明沒有為孩子做多少事，為什麼自己會比那時候累那麼多？

不過最讓她感到心情複雜的是，在她對兒子感受到疲憊的時候，程敘寧願以這樣的方式去結婚，也要和自己爭奪兒子小星的撫養權。

相比之下，她怎麼變成了這樣？為什麼聽到這件事的瞬間，竟然感到一陣輕鬆呢？

「嗯，看妳沒什麼意見的樣子啊，那就這麼定了。看妳也挺忙的，到時候把兒子送過去，或者讓那木頭來接，妳什麼時候有空啊？」

廖山月自說自話地把事推到了這個階段，好像他沒看到許晴那糾結的臉色；或者說，就算他看到了，他也不會在乎什麼。

廖山月從小就是屬於那種被自家老爹追著打的類型，一邊跑，一邊還會轉頭問氣喘吁吁的老爹，如果不跑讓他揍，能不能漲點兒零用錢？

畢竟，這可以減少老子揍兒子付出的精力和時間，他當時覺得這個交易挺不賴的，但奈何老爹不這麼認為，反而追得更快了──所以說衝動是魔鬼啊！

許晴一下子想不出理由，卻還是本能地拒絕這個提案。「我可還沒同意啊！」

「妳是不同意當證婚人，還是不同意把兒子暫時讓他帶一段時間啊？」

不提兒子還好，一提兒子，許晴忍不住訂正，試圖描述出自己的原意。「我當時說讓他結婚後才能養育兒子，前提是一個正常的家庭！正常的！」

「喂喂，講話注意哦！我跟妳說哦，妳這種有問題的發言發到社群網路上肯定是會被出征的哦！」廖山月來勁了，如同成為了一個保護婚姻平權的戰士。在副駕駛座上，他撐著車上的前臺，如同在臺上激情演講、但總是錯漏百出的某位韓先生。「性別不同就不可以……哦不，說反了，是性別相同就不可以結婚的時代已經過去了！」

「別瞎貼標籤，你們又不是 Gay ！」

「不是 Gay 就不能結婚了嗎！」廖山月憤憤不平。「學姊妳這是歧視！赤裸裸的歧視！」

許晴被廖山月的胡攪蠻纏搞得發怒了。「歧視你個頭！不要做這種女生裝來大姨媽然後在體育課請假的事！這是婚姻！神聖的婚姻！」

「神聖什麼啊，說得那麼好聽，再神聖你們不也離了嗎……」廖山月一臉鄙視地擺擺手，表情寫了兩個大字──別裝。

許晴深吸一口氣，忍住把油門踩到底跟旁邊這個廖士奇同歸於盡的衝動。

「總之我不同意。」

廖山月盯著許晴的側臉，看到她倔強地抿著嘴脣，使其化為一道弧度向下、略顯冷硬的線條後，忍不住在心裡嘆了口氣，心中明白沒法用插科打諢的方式求幫忙了。

「那妳至少，先和那個木頭談談吧，就算拒絕，我也覺得妳得和他說。」說到這裡，廖山月頓了頓，小心翼翼地補充一句。「在我看來，他已經很努力了，其實可以試試看。」

許晴神情冷漠，一言不發，似乎根本就不想和廖山月談前夫的問題。

「我苦口婆心地說了這麼久，妳就給個面子啊學姊！」

「……這週日我在家工作，別的時間沒空。」

「好的大王！」廖山月忍不住又開始皮了。「不過學姊我很討孩子喜歡的！妳把孩子給我玩……哦，給我照顧，可以放一百個心啊！妳再考慮一下？」

「下一個路口你給我滾下車！」

＊　＊　＊

時間很快地到了星期天，天空積著一層不透光的雲，沉悶得看上去一點都不配讓人放鬆。程敘提著一袋橘子，來到了曾經的家樓下。

他謹慎地抬起手，看了自己的手錶一眼。

上午九點，就算沒有早起，但有孩子的情況，這個時間應該也起來了。

廖山月比他想像的要有用得多，雖然程敘依舊覺得上次許晴生氣是因為自己贍養費交得慢了，而不是前夫要結婚找她當證婚人，挑釁意味太濃。

他結婚也是許晴提出讓他帶孩子一段時間的條件，況且離婚了也不該存在那種不科學的醋意。所以他在昨天下班後就把錢匯過去，然後再打電話溝通，順便和許晴預約了到訪時間。

從頭到尾沒有什麼疏漏，程敘覺得很穩妥。他用了近乎於一種面試的態度，杜絕因為惹許晴不高興而拒絕他的可能性。

同時也要讓其認定，他和廖山月結婚，對照顧孩子有正面的加成。

畢竟對他來說，如果依舊不能照顧兒子，這個婚姻便沒有意義。

就如廖山月，他這個人不信任長久的愛情，所以不願意結婚；但如果是友情，看上去他還是願意試試，來保障以後自己的生活——絕不是因為有趣。

好吧，至少不僅僅是因為有趣。

家住三樓，是個很微妙的層數。不像二樓基本沒必要坐電梯，但走三樓也達不到多少鍛鍊腿腳的效果，甚至連熱身都算不上。可程敘以前還是會時常走樓梯，因為他曾經覺得自家的電梯太快，快得像工作，卻不像生活。

按理說，這裡的生活已經沒有他的位置，但還是順從了心裡的那股衝動，踏上樓梯。當腿部即將感覺到痠痛的剎那，他在曾經的家門口停下來。

然後他按了門鈴……

門鈴沒響，程敘一愣，又按了一下，發現還是沒反應。

壞了嗎？

程敘想起上次來的時候，門鈴就不太好了，於是他只好拍拍門。

門是防盜金屬門，所以比較厚實，程敘敲了幾下，聲音很小，不太確定裡面的人能否聽到，於是他加大了力度。

「我聽到了，不用敲了。」裡面傳來了許晴略帶生硬的回應。

程敘聽話地把手放下，等了約莫三十秒，許晴才把門打開。

許晴穿著一身居家的藍色睡衣，她把頭髮簡單地綰成一個團，雙手還帶著沒完全擦乾淨的水珠。「進來吧，拖鞋在左邊櫃子裡。」

沒有問候，在以前是代表著熟稔，現在則代表了沒有好感。

程敘將手裡的橘子放到一邊，打開鞋櫃穿上拖鞋的同時，他不斷地向屋裡看去，希望能看到兒子。

「好久不見！爸爸！」

聽到一聲好久不見，讓程敘的臉一黑，他對這句話有陰影，但隨後那句「爸爸」讓他心情好了起來。他看到從桌子底下爬出來的兒子。「嗯，好久不見，小星。」

孩子手上拿了一把綠色的水槍，衝著程敘扣了扳機，嘴裡還配聲「biubiu」，水槍裡沒有水，所以自然沒有水箭。

他沒有表現出太多久別重逢的喜悅，開心是有一點的，但恐怕就目前來說，手裡的水槍比父親帶給他更多的快樂。

現在看上去與其說是開心見到父親，不如說，是開心於可以把手裡的水槍給父親看。如果能看到程敘表現出驚訝的表情，想必小星會更開心的。

但可惜，程敘並不擅長哄孩子，自然也不會浮誇地表現出驚訝，再來一句「好厲害的水槍哦」。他只是傻傻地站著，猶豫該用什麼姿勢裝作中槍倒地來哄兒子開心。

程敘瞥了一眼廚房透明的調味料櫃，裡面有一瓶番茄醬——嗯，也許撒點兒在胸口，再躺下會效果更好一點。

全然不知道程敘企圖把父子間的親暱互動往血腥方面引過去，許晴正把最後一個洗好的碗放進碗櫃，她看到了兒子出現的全部過程，露出微怒的表情。「小星！說了不許爬桌子下面的！」

她快步來到兒子身邊，一把拽過，用力拍了拍兒子的膝蓋。「下面髒的！說過多少遍了！」

因為桌子下堆積了些許雜物箱子，容易堆積灰塵，再加上清掃不便，許晴久而久之也就在外圍用拖把拖一下；但奈何小星人小，走進桌子恐怕連腰都不用彎，小小的桌子底下在他看來簡直是自成一片天地。別的地方看起來都太大，唯獨桌子底下，讓小星固執地覺得這是最適合他玩的地方。

媽媽住大屋子，小星住小屋子！

孩子總是在莫名其妙的地方有一種占有欲，如果有自己專屬的東西，會覺得自己更像是一個獨立的個體。

「哇！」

也不知道是因為拍得太重了，還是因為許晴口氣太凶，小星只覺得拍打自己膝蓋的那雙手不是拍灰塵的，而是在打他。

如果是平常，他未必會哭，但今天好久不見的爸爸來了，比平常多了個救星，小傢伙頓時哭得毫不猶豫，且驚天動地。

程敘頓覺不忍，忍不住開口說道：「今天我難得來一次，妳就稍微……」

「偶爾來了一次你就相當於救世主嗎？」許晴毫不客氣地打斷了程敘的話，她冷冷地說道：「一直是我在教孩子，你什麼都不懂，就不要插手，不礙事我就謝謝你了……所以你現在先去別的房間，別過來。」

「可是……」

「哇！」

小孩子很精明，一看老爸確實是援軍，不由得士氣大振，他猛地倒吸一口氣，然後哭得更豪邁了，大有「妳今天只要打不死我，我就有本事用眼淚把妳家都淹了」的氣勢。

程敘一看這種情況，知道前妻說的是正確的，他只好沉默地走到陽臺那邊，來個眼不見為淨，但耳朵裡傳來的哭聲終究讓他感到煎熬。

而許晴則是嚴肅地盯著小星，一句話不說。她沒有勸解，也沒有繼續喝斥，只是靜靜地看著他哭。

救星爸爸不在了，只剩魔王媽媽。小星一邊不甘心地哭，一邊看陽臺那邊父親的反應，偶爾還看母親的臉色，士氣逐漸低落。

但小傢伙還是有韌性的，整整十分鐘的孤軍奮戰，含金量十足的哭泣，到最後三十秒才一點點變成輕微的抽泣。

這讓在陽臺的程敘心底輕微地吁了口氣，他剛才一直看著陽臺外面，沒有轉身，心卻一直吊著。

過了大概十分鐘，許晴把程敘叫回客廳。

「小星呢？」

「在他自己的房間，把手機給他，讓他看佩佩豬就沒事了。」許晴看了看牆上的掛鐘。「我們有一個多小時，但過一會我要開始做飯了，吃完後還要讓小星睡午覺，所以我就直接問了。」

「妳問。」

兩個人坐到餐桌兩邊，如同談商業合約、並互相競爭的公司社員，氣氛微妙。不知何時，曾經陰沉的雲層逐漸透出一層亮色，而後陽光從散開的雲霧縫隙中落下、擴散，程敘背後的窗口開始有了亮眼的光輝。

「你覺得，用這種方式的婚姻來對我說想帶小星，我會認可嗎？」

「我不知道妳認不認可，所以我才來說服妳當證婚人。」程敘早就料到許晴的這個問題，他早就打好了很多腹稿來面對許晴的質疑。他為了這件事準備了很久，也在腦子裡思考了很多遍。「如果最終妳不認可，我也確實沒必要這樣結婚了。」

程敘回答得很誠懇，讓許晴的表情微霽。她本來覺得程敘是想鑽當時承諾的漏洞，現在看來，他只是用自己的方式在努力。

雖然這個努力的方向有點怪。

許晴低下頭思考半晌，才緩緩說道：「我先聲明，我絕對不歧視同婚，我非常不喜歡歧視同性戀的人；同時，我也有同婚的朋友。但目前為止，我還沒接觸過照顧孩子的同性戀家庭，我根本不知道他們做得好還是不好，我也不知道在同性戀家庭長大的孩子，會不會遇到同齡人不該受到的壓力，畢竟連他們自己都會面對社會的壓力。

「孩子呢?他能不能接受這些?我不知道，我不敢說孩子在這樣的環境下一定會很糟糕，但我也不敢確信，在這樣的環境下，我的孩子就一定會過得好，我不想讓小星當社會議題裡的白老鼠。」

這是十分容易出現的想法，特別是對於一個母親來說。畢竟，一個人也許會敬仰紀念碑上的英雄，但他絕不會希望有一天看到自己兒子的名字在紀念碑上。

而英雄被歧視了嗎?並沒有，可畢竟還是會讓人敬而遠之。

「第一，我不是Gay，山月也不是，我們只是各有所需;第二，兩個人照顧孩子，總是比一個人照顧孩子更適合一些，否則妳當初也不會說，只有我結婚了，妳才會考慮讓孩子給我們兩個輪流帶;第三，山月妳也認識，妳應該知道他雖然有時候腦子有問題，但人不差。與其我找個妳都不認識的女人來結婚，我覺得妳可以更安心一點才對，畢竟知根知柢。」

程敘一邊回答了許晴大部分的看法，但到了社會壓力這個部分他還是頓住了。

必須承認，他沒有辦法拿出任何保證，因為外界對這件事的看法不在他的控制之中。

不過，這也不代表他會為此妥協。

「至於說別人的看法，我們兩個坐在這裡猜是沒有用的，妳至少給我一個試試看的機會，如果不行，妳接他回來也是一樣的。無論如何，總比現在……」

「現在怎麼了？」許晴冷冷地看向程敘。她還記得廖山月對她說漏嘴的那些話，她自然有種前夫在她背後說她壞話的感覺。「你是覺得我照顧得不好？」

「對，照顧得非常不好。」

「我哪裡照顧不好了！」許晴忍不住怒了，她拍了一下桌子站起來。她覺得是時候結束對話了，這個人一百年都不會變，哪裡能有什麼指望？

程敘老神在在，視許晴的憤怒如無物，或者說，他根本就沒有反應過來。

「我不是指小星，我是指妳。」

「我什麼了？」

「妳沒有把自己照顧好。」

「……」許晴的怒火一下子降了下來，啞口無言。

「什麼怎麼辦？」

「很累吧，看妳眼白都充血了呢，沒休息好吧。」

「……」許晴沉默不語。

見許晴沒有給自己回應，程敘對她的態度就沒什麼底。

即便許晴是曾經一起生活過的前妻，但他在瞭解他人這一塊上，總是會慢一拍。

在結婚前，許晴覺得他反應遲鈍是個很有趣的萌點，可在結婚後，特別是孩子出生後，許晴便覺得這是災難了。

於是程敘決定繼續進攻。「妳知道，山月也是單親家庭長大吧？」

「知道，你想說什麼？」

「妳知道單親家庭的孩子是怎麼想的嗎？」

許晴不悅地皺起眉。「如果你想用我兒子很想爸爸這件事來說服我，就可以閉嘴了。」

「不，我是想說，在單親家庭的孩子眼中，那個養育自己的媽媽或者爸爸，太辛苦了，辛苦到讓孩子看到都會有壓力。現在小星可能還不會意識到，可以後就未必了。」程敘推了推眼鏡，陽光在其中一面鏡片上反射出些許刺目的光，讓許晴忍不住迴避。「這種壓力，可未必會比外界壓力輕鬆到哪裡去。」
「所以呢，你想說我會給孩子額外的壓力？」
「不是妳想不想給壓力，是孩子自己就會懂事。」
「孩子懂事還不好？」
「不管是什麼年齡，就應該表現出當前年齡應該有的缺點和優點。在不該懂事的年紀提前懂事，只說明了他的童年充滿問題。」
程敘的話如同一把沒有鞘的尖刀，直刺而出，不留餘地，讓許晴呼吸微微一滯。
「就像電影裡說的那樣，有人需要用一輩子去治癒童年的創傷，而有人則可以用童年的快樂支撐自己一輩子的苦難，而我希望小星是後者。」
許晴搖搖頭，她看上去決心滿滿。「我不會這樣，我會讓我的孩子和普通孩子一樣長大。」
「幾乎每個單親家庭都這麼說。」程敘搖搖頭，一點面子都沒給她。「然而事實就是，幾乎所有單親家庭的孩子，比起一般家庭的孩子，都相對來得早熟。許晴，我相信妳有身為母親的毅力和能力，但妳也必須認可有許多單親母親對孩子的付出和努力不比妳差。

「事實就是，每個人都有自己的極限，妳也許可以一天、一個月，甚至一整年做一個一百分的媽媽，但妳沒有辦法做一輩子的一百分；至少關於父親的那一百分，妳有心無力。而且妳需要休息，妳需要喘息的空間，我也知道妳在工作上的進取心，妳垮了，孩子怎麼辦？」

許晴站起身，她疲憊地揉了揉眉心。

她感到沮喪。

被以前的伴侶看到自己狼狽的樣子，對她來說是一件羞恥的事。因為如果不能過得更好，如何能證明自己當初離婚是正確的？

婚離了，她期望自己能做到工作、生活兩不誤，她也確實做到了大部分，但終究免不了脆弱，她甚至連做出舉重若輕的偽裝都辦不到。

「那就試試。」

「謝謝。」程敘點點頭。

「但有條件。」

＊＊＊

廖山月正在拉單槓，旁邊的同事正在起鬨，一會說已經十五了，一會說才剛到十，而廖山月自己已經數到了二十四。

他的目標是三十，但他最好的紀錄也就是二十五次，他感覺到背部和手臂的痠脹感已經接近了極限——

最近沒偷懶啊，怎麼還這麼累啊……

哦，一定是上次吃咖哩飯的時候還多叫了一份雞排！都是那木頭的錯！

腦子裡胡思亂想，但廖山月再一次將身體拉上去的瞬間，他的聲音還是從牙縫裡吐出來。「二十……五！」

「山月，有個人說是你爸，來找你了！」

「靠！」

廖山月臉上神情一變，分心之下，一直收緊的肌肉控制不住，落在地上。

他怎麼知道我在這裡工作的？

有段時間沒見父親的廖山月頓時有些心虛，腦中的警報聲響得他恨不得進廁所、跳馬桶裡，然後把自己沖進太平洋。他幾乎反射性地說道：「告訴他我不在！」

「阿伯，你看，他說他不在欸……」

「嗯，我聽到了，這臭小子皮癢了。」

低沉的聲音伴隨著熟悉的冷笑，讓廖山月頭皮發麻，他乾笑著轉頭，看到他的父親正跟著館長進來了。

他的笑容僵硬，但眼神卻充滿悲憤地瞪著館長——你就這麼把我賣了？

「自己老爸來找，躲什麼？」館長反瞪過去，罵道：「而且人家過來參觀，我難不成還往外推嗎？我還做不做生意了？」

廖老爺子是個傳統到各方面都無可挑剔的人，無論食衣住行皆是如此。衣服要穿亞麻的，吃飯要吃中式的，住的地方要在一樓帶院子，出去則騎著一輛年紀快和兒子差不多大的自行車。

不用智慧型手機，堅持用一支免費的老人手機。他喜歡喝點兒小酒，喜歡到公園用拖把沾水在青石板路上寫幾個毛筆字。

瞧不起金融業的，覺得都是騙子，對曾在工廠幹了一輩子的他來說，製造業才是棟梁之才。

這樣一個人，有了廖山月這樣的兒子，不得不說——他應該上輩子在另一個次元毀滅了地球，才有了這樣的報應。

簡直就是造孽。

嗯，最後一句是廖山月此刻的心聲。

成為家人的
可能性

第四章 隱患和怨念

畢竟還是工作時間，兩父子沒有聊太多，不是說廖山月有多敬業，而是廖老爺子很有原則。既然是工作時間，他就不會上去打擾，他找上門來，只是為了堵人而已。

廖山月一直到晚上八點，教完最後一個會員後，還在那裡拖拖拉拉，自告奮勇說要把廁所都清理乾淨，但面對扭響指關節、露出猙獰笑容的館長，很識時務地說——那我下班了，明天見。

於是廖老爺子和廖山月就近找了一家飯館坐進去。

廖老爺子叫了一盤炸花生、一盤臭豆腐、一盤蠔油生菜和一大份砂鍋燉牛肉。

廖老爺子多叫了一瓶啤酒，自己拿了個杯子在喝，時不時用筷子精準地夾起炸花生，往嘴裡丟上幾顆。他其實並不餓，不過他好酒，只要酒不斷，他就有本事一直這麼吃下去。

晚上不吃飯只喝酒的習慣是廖老爺子在離婚後才有的；倒是廖山月，他只要了一碗飯，大口大口地嚼著，一如當初。

「準備什麼時候結婚？」

廖山月大嚼特嚼燉牛肉的時候差點噎住，他嚇得頭皮發麻——靠！老頭子知道了！

還不等他額頭冒汗，就聽到廖老爺子繼續說下去。

「你年紀不算大，但年紀越大越不好找，就算找了，也容易找年紀相近的。超過三十歲，女孩子就算高齡產婦啦，有危險的。所以啊，你趕快找個年輕的結婚，第二年我就可以等著抱乖孫了⋯⋯」

聽到「乖孫」二字，廖山月心中大石頭落地，額頭即將冒出的汗珠瞬間收了回去。

哦，只是正常催婚而已。

沒錯，廖山月就沒準備在結婚前和自家老頭子說，他就想要先上車後補票，等生米煮成熟飯，老頭子也拿他沒轍！

或許不是沒轍，而是廖山月無法想像老頭子知道真相後的後果，可既然想不到——那就等於不存在！

這便是廖士奇的樂天邏輯。

他想得很開心，臉上忍不住露出一抹笑意，卻沒料到他臉上的笑容被自家老爸看在眼裡，廖老爺子的眼睛瞇了起來。「你笑得和黃鼠狼似的，在耍什麼花樣？」

「我不是！我沒有！別亂說！」嘴裡含著一塊牛肉，廖山月不假思索地丟出否認三連發。

「你現在，應該有女朋友吧？不錯的話帶來我看看。」

「你問長線的還是短線的？」廖山月在作死邊界瘋狂地左右橫跳。

廖老爺子聞言，深深吸了口氣，強自按捺住把這渾小子大義滅親的衝動。他告訴自己要冷靜，不能衝動，多想想這世上美好的事。終於，廖老爺子成功地讓自己的語氣溫和了起來，溫柔地問道：「你是皮癢了啊？」

對不起，老爺子他盡力了。

廖山月忍不住打了個冷顫，他分不清是因為害怕還是恐懼，不過不管是什麼，他知道現在都得穩住自家老爹，否則鬧起來實在不好收場。

「我連三十歲都沒到，你著什麼急嘛！」

「趕快結婚、生孩子，我還可以幫你帶一帶，等過幾年，我怕帶不動。」

「這你就別操心了，哪怕真的結婚、生孩子，我自己也會管，你自己發展發展人生第二春不是更……」廖山月話說了一半，便被廖老爺子操起筷子敲在額頭上，發出「啪」的一聲。

「說什麼呢！沒大沒小！」廖老爺子瞪著眼珠子。「而且讓你管孩子，誰會放心啊。七、八年前美娟家六歲的孩子跟你玩了三天，連牌九都會了！美娟還上我們家罵呢！」

廖山月頓時不服氣了，他下巴上抬。「你們這是歧視！我們又不賭錢！玩玩怎麼了？」

廖老爺子只覺得心累，根本不想和他辯駁。「總之別廢話，你就給我個話，什麼時候帶可以結婚的女孩子過來？我跟你講啊，就你這脾氣，現在別人還會覺得是因為你年輕，等過幾年再看你這脾氣，別人只會覺得你無藥可救！所以趁現在別人對你還有點指望的時候，趕快結婚！」

「……你這種覺得兒子好像是『必然是一跌到底的下市股票』口吻，是不是過分了點兒啊！」

「我啊，就沒指望你這支股能賺錢，趕緊找個上輩子倒楣的冤大頭女性湊合過吧，對人家好點兒，否則你爸我也良心不安。」廖老爺子長吁短嘆，只覺得自己這輩子做得最不地道的事就是勸兒子找老婆。

看，這個不可靠的小混球，總是要有人和他結婚的，就跟街上每天總得發生一次交通事故……很無奈，但沒辦法啊！

一頓飯吃完，廖老爺子還想跟著廖山月回家，但廖山月祭出要和女友開房間的理由，廖老爺子無奈至極，求著兒子趕快結婚，總不能妨礙人家相處吧……只好一頓拳打腳踢後，同意今晚且留廖山月一條賤命。

而廖山月陪笑著把廖老爺子送上計程車後，看著遠去而逐漸模糊的車尾燈在第二個轉角處一閃而逝後，不由得輕吁一口氣。他掏出手機，打出一通電話。

電話當然不是打給女人的，他已經意識到，某些事最好趕快敲定，否則夜長夢多。

電話很快就通了，並傳來了程敘的聲音——

「我正好也要打電話給你。」

「嗯，看來很巧啊，我也剛好有事要和你說，不如找個地方坐坐？」

「那老地方。」

「好。」

廖山月立刻叫了第二輛計程車，在二十分鐘後，他走進了一家7-11。這間便利商店有吃便當的座位供客人使用，廖山月走進去後，讓店員幫忙泡了杯奶茶，又點了一根蔥燒雞肉串，然後坐到位子上。

他的左邊坐著程敘，對方捧著一杯關東煮，熱氣騰騰地吃著。

「沒吃晚飯？」廖山月瞥了一眼關東煮的量，發現有不少，他又看看手機上的時間。「都快十點了，今天怎麼這麼忙？你今天不是沒課嗎？」

「沒有，我吃過了。」程敘面無表情，可額頭冒汗，手微微發顫。

廖山月一愣，然後反應過來。「你又幹麼了？反應這麼大？」

程敘有個毛病，就是某些時候，反射神經實在太長。如果他感受到了某種情緒上的壓力，很可能當前沒有反應，可過了一段時間後，情緒才會回饋出來；但因為事件已經過去，他可以清晰地認識到這種情緒其實已經沒有必要了。可知道歸知道，他必須找辦法平復心情，目前為止，吃東西平復心緒是最好的方式了。

創傷後壓力症候群……似乎是叫這個名字。

廖山月清晰地記得，平靜離婚後的一個星期，程敘有過一段暴飲暴食的日子，半個月就胖了整整五公斤，原因就在於此。

當時他覺得這樣對身體不好，就過去勸。然後勸著勸著，自己胖了十公斤……隨後就重新撿起了在大學時期瘋狂健身的道路。

所以目前的情況，很明顯，程敘受到了驚嚇。

「許晴今天好嚇人。」程敘一邊吃，一邊略含糊地說：「差點就沒談下來，嗯，也不能說算搞定了。」

「都離婚了還這麼怕她？」

聽了這句話，程敘停下筷子，他轉頭認真地辯解。「結婚前我很少這樣的。」

「你想說當初是上了賊船了？」廖山月難以置信地看著他。「就你這樣的，有婚結就是祖墳冒青煙了，居然還有臉說出這種話，小看你了啊老程。」

「不，只是有了孩子以後，她真的厲害好多。」

「厲害好多？」

「嗯，厲害好多，所以對我也越來越無法忍耐了吧。」

「是喔？」

「她說我和結婚前相比，變化不大，我這樣，她結婚前喜歡；結婚後，就不喜歡了。」程敘咬了一口蘿蔔，倒吸著熱氣，水蒸氣把他的眼鏡染上一層薄薄的霧。「我就覺得很奇怪，所以我就問了，那從一開始不結婚就好了啊，為什麼要結婚呢？」

少年喲，你這麼會抓重點的嗎？你的思維很清奇啊喂！

廖山月頓時倒吸了一口氣，艱難地把一塊雞肉嚥下。「我還真是小看你了啊，原來離婚是你起的題啊！不錯，是條漢子！」

「你這反應和她一樣，可我不是這個意思，我真的只是單純地問問，既然結婚後就會討厭本來喜歡、並且是婚姻基礎之一的東西，那為何要結婚？可問了這個問題，她就發火了，說要離婚。但這很明顯，她邏輯有問題，很多都已經是不可逆的了，離婚也沒有辦法讓她重新喜歡起她婚後討厭的東西啊，對問題毫無幫助。」

很顯然，程敘覺得自己的邏輯沒問題，問題都在那個無理取鬧的女人身上。

「所以她有時候真的不講道理。」

廖山月長嘆一口氣。「我現在很確定一件事。」

「什麼？」

「她當初跟你去登記結婚的那天，一定是喝多了。」廖山月的吐槽一針見血，但程敘倒沒什麼大的反應。

「不提這個，今天我雖然談下來，她同意當我們的證婚人了，不過，她有條件。這個部分，我覺得需要和你商量，因為某種程度上，這很可能需要你的幫助。」

「什麼條件？」

「第一，孩子在我們這裡，不可以生病。」

「這什麼破要求？哪有人不生病的？」廖山月大怒，只覺得被刁難了。「這哪裡講得好啊，孩子在她手上難道就可以不生病嗎？」

「……至少在她手上，小星到現在還真的沒生病。」程敘嘆了口氣，他根本就不敢在條件上討價還價。「所以這方面肯定要小心一點。」

廖山月只好作罷，氣哼哼地說道：「還有什麼要求？」

「第二，她要求孩子交給我們的三個月內，學會一百以內的加減法，正確率要在百分之八十以上。」

「你兒子幾歲？」

「四歲了。」

「四歲要學到一百以內的加減法？我怎麼記得我一年級時的數學題目還有個位數的加減考試啊……」廖山月迷茫地撓了撓頭皮，這方面，他有點信心不足。

「是不是超出範圍了啊，還是說時代變了？」

「我不知道，不過現在小孩學的東西肯定比我們以前要超前得多，而且許晴應該不會刻意刁難……」程敘說到這裡，回想了一下前妻那陰沉的表情，頓時覺得底氣不足，於是最後加了個字。「……吧。」

「所以你是想和我商量什麼問題？」

「小星過來的時候，大部分我都可以管，白天可以讓他去幼稚園；但我有些時候下班比較晚，可能需要麻煩你去接孩子，當然，能接我盡量接。」

「行，這個沒問題。」廖山月一口答應，爽快得讓人懷疑他是不是沒過腦。

「雖然你的工作性質會相對自由一些，不過這樣肯定會影響你的收入，況且孩子畢竟是我和許晴的，所以我會從我的收入裡取出一部分來補貼你。」程敘擺了擺手，他看出來廖山月想要拒絕他的提議，但他依舊堅持這一點。

「雖然是結婚，哪怕到時候我們建立了共同帳戶，把錢放一塊，也必須弄明白每個人的勞動所得是多少才合適。一般異性夫妻之間，那種類似家庭主婦的貢獻被模糊化而誕生的問題，我不想在你我之間出現；而我已經離過一次婚，不想再離第二次，你就當給我買個安心。」

「可是……」

「你先聽我把她的要求說完吧。」

廖山月用手在嘴前如同拉拉鍊一樣，示意自己已經閉嘴。

「第三，你不准帶女孩回家過夜。」程敘說到這裡頓了頓，很隱晦地說道：

「對孩子影響不大好……」

「……」

「……」

程敘和廖山月大眼瞪小眼。

廖山月舉手，示意自己有話要說。

「嗯，我剛才就說完了，你可以說。」

「誰說的！你讓他跟我學三個月，我保證幼稚園女孩子會為了坐他旁邊的位子而打起來！」廖山月信心滿滿，覺得自己情聖祕笈應用面十分廣泛，可以為孩子的人生帶來有利形勢。

小到剛會走，老到九十九，全在本天才的守備範圍內！

程敘一愣，被廖山月理直氣壯的語氣鎮住了。為了保險起見，他思考了一下，最終還是覺得無法接受。「……這很糟糕，千萬不要教我兒子這方面的事，而且這就是當證婚人的條件，沒有談的餘地。」

「你怎麼知道沒有談的餘地？」廖山月顯然對培養小傢伙成為情聖分外執著。程敘見廖山月開始習慣性地無理取鬧，也沒有生氣，反正這麼多年他都習慣了。「那和女人結婚對你來說有談的餘地嗎？」

「沒有！」廖山月理直氣壯，雙重標準玩得分外熟練。

「所以，你現在有了每個人都容易出現的錯覺。」

「啥？」

「覺得改變別人比改變自己要容易。」程敘的眼鏡在蒸氣下霧茫茫的，讓廖山月看不清他的眼神。「我上一段婚姻就是這麼泡湯的。」

「行……吧！」廖山月答應了，但第一個字「行」到「吧」之間，他如同便祕一般發出了不甘的呻吟。他覺得自己雖然並非是同性戀，但依舊飽嘗了歧視之苦。「那我們盡快，否則我怕夜長夢多。」

「許晴也說要盡快把小星交給我們試試看。」

「嗯？」

「她怕孩子不適應，趁她在國內的時候，想再觀察一下，大概一個多禮拜吧。」程敘摸摸鼻子，前妻對自己的不信任他倒是不在乎了，但她對廖山月也是這個態度，多少讓他感到些許歉意。「所以，我們先試試。如果最終小星不適應，讓她沒辦法把孩子交給我們，那也沒有結婚的必要了。」

廖山月聞言，點點頭表示理解，不過他還是說道：「希望能盡快確定下來。」

「怎麼了？」

「我家老頭子來找我了。」

程敘猶豫了一下，他放下手，轉過頭，霧氣迅速在他的眼鏡上消失，他的表情嚴肅。「要不然，我跟他談談吧。」

廖山月想都沒想，使勁搖頭。「談不下的，一點懸念都沒有。」

「談不下只是能力問題，去不去談是態度問題。」

廖山月聞言，沒有馬上回話，他臉上沒了笑容，不知道是想到了什麼，但程敘看得出他心情真的不好。

只見廖山月兩、三口把剩下的蔥燒雞肉串解決掉，又吸了一大口奶茶，似乎想用食物撫平心中的鬱悶，待嚥下後，長出一口氣。「他，我最瞭解了，生米煮成熟飯以後再讓他接受吧。沒成之前，他永遠都是反對的。」

「就算是這樣，也不能……」

廖山月不耐煩地打斷了程敘的話，皺眉問道：「許晴的事我都聽你的，我家老頭子的事能不能聽我的？做人公平點兒，ＯＫ？」

程敘一怔，認真打量了廖山月的神情，估計這位死黨此刻是少見的很堅定，點點頭。「那好，到時候如果有問題，大不了我跟你一起扛就是了。」

「這話說得有義氣！」廖山月頓時展顏一笑，然後轉頭吼了一句。「老闆！再來三串蔥燒雞肉串！」

店員是個約莫二十歲左右的男子，他的臉頰微微抽搐。「……先生，很抱歉，敝店是超商，不是餐廳，麻煩先來櫃檯結帳。」

在一旁的程敘心中暗自讚許：嗯，近幾年超商店員真的素質越來越高，這都不罵人。

* * *

於是，程敘和廖山月的試婚生活計畫開始了。

在商討過程中，得知廖山月的房子離租約到期較近，再加上程敘的房子相對較大，廖山月在一個星期後搬入了程敘家。

而在那之前，程敘請人將書房簡單改造後，成為了廖山月的臥室。程敘的書很多，他為了騰出盡可能多的空間，不得不把很多書籍放到紙箱裡，最後塞到床底下。

這些書對程敘來說，都是些略顯尷尬的學術類書籍，類似社會學這種非科學類的學科，有許多都是有著賞味期限，卻也並非是保質期限。

舊的知識往往會被新的知識取代，導致價值在某一時段驟減；但因為並非是非黑即白的科學科目，會因為社會環境乃至時間的影響出現反覆，自然也不能將其貶得一文不值。

所以從這方面來說，比起沒有冰冷的數字類學科，非科學的學科相對更有生命力，和人以及社會類似。

而不管是人還是社會，在前進過程中並非一往無前，偶爾也會出現倒退。尤其是在人們忘記某些教訓的時候，必然需要一頓來自老天爺的毒打。

現在，此時此刻，程敘體會到一種靈魂遭受毒打的感受。

這是他今天第一次去幼稚園接兒子，小星哭得淒涼，要不是許晴陪著，恐怕幼稚園老師都不會放心把孩子交給他。

「媽媽！哇！」小星在程敘懷裡死命掙扎，剛才和小夥伴玩鬧，出了一身的汗，但並不代表他沒有力氣再哭鬧了。

眾所周知，吃甜食是靠第二個胃，小孩子的哭鬧，則源自於另一個身軀——所有黑眼圈的母親都願意來證明這一點。

程敘覺得，兒子哭得如同一名發覺自己被拐賣的孩子……

我的地位竟然等同於人口販子嗎？

意識到這點的程敘很不是滋味，十分吃味地看了旁邊正在哄孩子的許晴一眼。他確實吃醋了，但實在不好意思說。

看來孩子是真的不太適應除了家以外的環境啊……

程敘默默下了個判斷。

許晴有注意到程敘的那一眼，但她沒心思計較，兒子哭得這麼淒涼讓她也有點戚戚焉，連聲哄著。「住幾天，就住幾天，不開心就回來嘛。上次去姨姨家不是都不哭的嗎？姨姨還說小星好乖，怎麼去爸爸家裡就這樣了呢？」

原來只是不適應我嗎？

程敘只覺得又是一刀扎在胸口上，那酸爽，簡直無以言表。走到車前，剛想拿出鑰匙，就被許晴制止。「把鑰匙給我，我來開。」

程敘一愣，還不等他進一步反應，許晴便說道：「小星現在不習慣你，在車上這段時間，不要浪費。」

「謝謝。」剛才還有一點醋意的程敘此刻頓時慚愧了，也不推辭，直接把鑰匙拿出來給許晴，然後坐上了副駕駛座。

「不必，我是想讓他盡快適應，他哭得這麼難過，我也不好受。」許晴的聲音在程敘聽來並沒有攜帶太多的感情。「你能讓他盡快不哭下去，我就謝謝你了……另外，為人父母，最好也盡快習慣孩子的哭鬧，你太手忙腳亂了。」

程敘瞥了一眼正啟動車子的許晴，把已經到嘴邊的那句「妳眼眶紅了」嚥回去。他瞇著眼睛看到遠處不斷接近的車燈。「真沒公德心啊，這麼近還打遠光燈。」

「就是說啊，眼睛都快睜不開了。」

許晴的回應，讓程敘想起以前家裡養過的貓咪，牠對著玻璃窗上的雨滴滑落發出了嗚咽時，心底浮現莫名的酸澀。

小星的哭聲本來已經漸漸弱了下來，但看兩位大人聊起來後，他頓時有了一種被忽視的不甘，所以很有志氣地再次大聲哭起來，讓程敘不由得手忙腳亂。

從這方面說，這孩子還是挺有意志力的，不會隨便被挫折打敗。程敘連忙用他這輩子最慫、最柔軟的聲音，去哄抱在懷裡的兒子，手臂一晃一晃的。

「哦哦，不哭不哭，一會給你吃肉肉哦……」

小星喜歡吃肉，特別是雞肉，不太喜歡蔬菜，尤其是紅蘿蔔，但這個不是重點。

重點是，當一個男人可以用幼稚到讓其他人面紅耳赤、且用十分不自然的聲線說話時，別懷疑……他極有可能是有孩子了，並且還不習慣，所以才可以這麼不要臉。

了。

真正習慣的人，反而不會有這麼強的違和感，也不存在要臉、不要臉的事

開了差不多十分鐘左右的車，小星哭聲減弱，但從那猶帶淚痕的小臉上看，程敘有些說不準自己是不是真的把孩子哄好了。

萬一他只是想要養精蓄銳，之後還要繼續呢？

正當程敘糾結這個的時候，他驀然覺得孩子好像重了點兒，低頭一看，發現小星不知何時已經沉沉睡去……

他看著小星睡著時微張的小嘴，第二個問題出現了。

縱觀小星停止哭泣的原因裡，哭累了和來自父親的關懷，到底哪個的比重更大一些？

他有心想問問許晴，但話到嘴邊，卻又吐不出去，因為他不確定這句話該不該問；而從以前和許晴一起生活的日子來做參考的話——

他張嘴時惹人生氣的次數，總是比閉嘴時惹人生氣的次數要多。

最終，他決定把這個近乎於怨念的糾結感嚥回肚子，讓五臟六腑消化了。

第五章　混蛋和轉變

程敘抱著又開始哭泣、但掙扎並不算劇烈的小星回到家，後面跟著正用手機處理工作的許晴。打開門，就看到正在客廳裡做著伏地挺身的廖山月。

黑色的背心已經溼透，毫不紊亂但略顯沉重的呼吸聲，即便看不到廖山月的表情，也讓程敘感覺到他的專注和認真。

就算聽到了開門聲，廖山月也沒有抬頭，早就知道他習慣的程敘沒有在意，他轉過頭問道：「要拖鞋嗎？不穿也可以就是，地板今天山月剛拖過。」

「不用，我帶了鞋套。」許晴從包裡拿出了藍色的鞋套替自己套上，又從包裡拿出一雙被洗得一塵不染、上面畫了一隻綠色Q版霸王龍的黃色兒童涼鞋。

「他的鞋子我特地帶來了，這雙現在還乾淨，可以室內穿。」

於是程敘把那句「天氣熱可以不用穿」的話縮回去，他注意到許晴連問有沒有買兒童拖鞋的想法都沒有，不由得有些在意。

「那也不用，我有買兒童拖鞋。」

許晴搖搖頭，走到程敘身前，一邊幫孩子穿鞋，一邊說道：「這是雙啾啾鞋，他喜歡，今天情況特殊，還是讓他穿一下……你怎麼還在哭啊？小星是男孩子吧？怎麼哭得比女孩子還要久？羞不羞啊？」

說到後面，許晴雖然口氣不算嚴厲，但已然沒有太多的寵溺。

小星哭聲一滯，巴巴地看了母親一眼，沒有哭出聲了，但那表情混雜著懼怕，同時也顯得更委屈了。看得程敘只覺得自己的心被丟進了滾筒洗衣機，心顫到暈頭轉向，卻想不出法子來解決問題。

正在這時，廖山月結束了一組鍛鍊，滿身大汗，輕輕喘著氣，看了一眼許晴和程敘，沒出聲，隨後把目光看向小星——他神情凝重而認真。

這是他少有出現的神情，看上去還挺像有那麼回事的，連程敘都被他唬住了，更別說是小星了。

他一步步地走近，熱氣騰騰的身軀隨著遮擋住燈光而帶來的陰影，如同夢魘般鋪天蓋地衝小星淹沒過去。

小星似乎被震懾住了，呆呆地看著面前這個認識但並不熟悉的大叔。那單純的思維正在猶豫，面對這種陌生的情況，他不知道自己該不該害怕，還是應該衝這個湊到自己面前的人狠狠揍上一拳。

在暴力和害怕間猶豫，而最終因為對方身材過於高大，以及逐漸加深的陰影，幼小的思維逐漸向「害怕」的那一面滑落。

在所有人猜想廖山月想要做什麼時，在小星即將哭出來的那一瞬間，廖山月卻幾乎什麼都沒做，甚至連一句完整的話都沒說。

他只是突兀地做了一個表情，或者說，是類似「囧」一般的怪臉，鬥雞眼的同時還把舌頭伸出，舔向鼻尖，充滿了一種智障才有的歡樂氣息。

「噗哈哈哈哈哈哈！」

當聽到小星那差點背過氣去的笑聲時，程敘的表情是茫然的。

我是誰？

我在哪？

我剛才到底在幹什麼？為什麼這隻人形哈士奇用十五秒不到的時間，就可以做到我一個半小時都做不到的事？

「精神病人歡樂多啊……」許晴似乎也被驚住了，隔了半晌忍不住吐槽，足見其心情複雜。

程敘看到效果如此明顯，忍不住仔細端詳了一下廖山月的怪相，只覺得鬼斧神工到難以模仿，很遺憾地放棄了學習的打算。

不意外，廖士奇天賦異稟，旁人自是難以企及。

小星似乎對這方面的笑點低得離譜，聲音從開頭的「哈哈」變成「呵呵」，最後只剩幾近無聲的「咯咯」了。小星在程敘的懷裡笑得仰頭不止，如果是坐在地上，可能已經躺倒了。

「別笑了，鞋子都穿不好了哦！」許晴剛才才板起臉，正端著母親的架子，但看小星那猶帶淚痕的臉上滿是歡快的笑容，也忍不住被感染了。

她憋了許久，最終還是跟著輕笑了起來，幫小星穿好鞋，讓他從程敘懷裡下來後，她看向廖山月，忍不住嘆了一句。「你也算是奇才了。」

廖山月得意洋洋，然後雙手作手槍狀，同時一指小星。「你也不差，很懂嘛！」

小孩子往往就吃這沒大沒小的一套，小星站在地上傻樂，原本的不安在笑容裡融化。原本擔心今天小星會哭鬧不停的程敘把心放下了大半，他瞥了一眼許晴，覺得今天這關應該算是過了大半。

「小星肚子餓不餓？」

小星一聽吃飯，臉上的笑容少了點兒，搖搖頭。「我飽了。」

許晴見怪不怪，對程敘說道：「他最近吃飯不是很乖。」

「為什麼？之前不是還好嗎？」

「不知道。」許晴略顯疲憊地嘆了口氣。「要說是叛逆期，也太早了點兒吧？」

這種思考方式就好像妳快進入更年期了一樣，容易早衰哦……

程敘這句話剛到嘴邊，卻發現廖山月正在死命朝自己使眼色，還乾咳了一聲，頓時會意，把嘴閉上。

廖山月在一邊替程敘捏了把冷汗，他剛才一看程敘那表情就覺得不對了，幸好自己的暗示傳遞及時，否則……

「你做什麼怪呢？擠眉弄眼的。」

許晴的話讓廖山月一驚，還未等他做出反應，許晴便若有所思地看了一眼身邊的程敘。「嗯，你能管住他也不錯。」

「妳這一副說我是管家婆的口吻是怎麼回事？」廖山月聽了這話，頓時覺得受了委屈，他拍了拍自己的肱二頭肌。「妳看看我這一身的肌肉！濃郁到熏死人的男性荷爾蒙！再看看妳旁邊那位只會死讀書的無趣男！他跑步上五樓後能喘三分鐘！」

是的，廖山月瞬間就忘了之前程敘要求他今天一定要給許晴一個沉穩的印象。

程敘的臉頓時黑了，他忍不住瞪著得意忘形的廖山月；而廖山月面對好友那威脅意味十足的眼神，卻沒有表現出一絲一毫的在乎，甚至還很魔性地衝程敘抖了抖濃密的眉毛。

這一瞬間，程敘只覺得自己像是個選了一隻哈士奇當警犬的警察，還是親眼看到自己的狗在和犯人玩耍的那種。

算了吧，如果他不是這種個性，怎麼可能身為異性戀卻願意和自己結婚呢？程敘一個勁地安慰自己。畢竟許晴也認識廖山月，瞭解這個人不是一個糟糕的人，只是偶爾，對，只是偶爾腦子有些脫線。

「然後，孩子不肯吃飯？你們弱爆了，解決方式不是現成擺著嗎？」廖山月分外囂張地搖了搖手指。「孩子不吃飯？打一頓不就……咳，我開玩笑的，我真的開玩笑的！」

在程敘危險的目光下，廖山月急忙剎住了車。

「我都已經準備好了。喂，你這眼神什麼意思，輕蔑的表情收斂一點好不好？相信我一次行不行？」

「叮咚。」

門鈴響了起來。

「你看，說到就到，我就說我準備好了。」精神一振，覺得自己的形象可以得到加分的廖山月頓時開心了，他搓了搓手，徑直穿過許晴和程敘之間，打開了門。

門口是穿著一件黃色背心、戴著安全帽的人，他看到開門的是廖山月，笑道：「喲，這是搬家了啊！」

「很準時哦，老吳該給你加薪。」廖山月笑嘻嘻地接過一個閃著反光的保溫袋，裡面鼓鼓的，似乎放了不少東西。

「加薪又不歸他管！神經。」那人笑罵了一句。「行了，趁熱，我還要趕下一家，閃了，有空出來吃飯。」

廖山月看著他離去的背影笑問：「你請客啊？」

對方頭也不回地回答：「帶正妹來就請！」

「真現實啊那混球。」廖山月撇撇嘴地關上門，然後看著屋裡的兩大一小，搖了搖自己手中的保溫袋。「我就說我早有準備，是那家咖哩餐廳的哦。」

程敘面無表情地看了一眼他手上的保溫袋，對著廖山月說道：「不許在我兒子面前罵人。」

廖山月一愣，完全沒自覺。「我罵什麼了？」

「罵混球。」

廖士奇一臉正義的表情，如同情境喜劇裡表演過分誇張的假面超人，他堅決不承認自己罵人了。「我罵了？沒有吧？我一般都是罵混蛋的，根本沒有罵混球的習慣。」

而程敘一板一眼地訂正，並沒有放過他的抵賴。「罵了，我聽得清清楚楚，就是混球。」

「是混蛋。」

「是混球。」

「是混蛋。」

「是混球。」

「喂……」捂住兒子耳朵的許晴神情不變，但聲音聽在廖山月耳中莫名有種咬牙切齒的感覺。「你們是在幫我兒子加強對某些單詞的記憶嗎？還真是謝謝啊。」

「就是，這種事有什麼好爭的？別吵了。」廖山月連忙打住程敘的追究，然後又補了一句。「是混蛋。」

聽到廖山月最後的那句話，程敘恍惚間覺得自己的額角似乎有血管跳動了一下，可看到小星正瞪大眼睛看著自己時，乾咳一聲。「既然點了外賣，那就趕緊吃，冷了就不好了。」

保溫袋打開後，發現裡面的包裝有些複雜，一共三份，而每份又分成了四份不同的包裝。分別是放在碗裡的白米飯，一小碟包心菜沙拉，紙袋裡的起司炸雞排，還有真空包裝袋裡的咖哩。

小星的眼睛一下子瞪大了，臉上毫不掩飾自己的食欲，但因為剛才說「飽了」，又不大好意思說要吃，只能眼巴巴地看著大人們。

「你是點我帶你去吃過的那家？我記得那家好像沒做外賣啊……」

「遇到我之後就有了。」廖山月得意地掰著手指，訴說自己到底花了多大的工夫。「我幫那家店長聯繫了我以前做過的免洗餐具銷售店，還聯繫了我以前大學時候打工過的外送承包，全部搞定後，那家咖哩店店長還請我吃了一頓吶！」

「廖山月。」

「什麼？」

「你看來真的很閒啊……」許晴的口氣略帶複雜，她不知道該羡慕這種隨心所欲的生活方式，還是該鄙視廖山月浪費時間的方式。

「我忙了這麼久妳居然說我閒？我不就是為了讓你們來的時候吃頓好的嗎？還特意挑了你們喜歡的這家欸！」廖山月一副被親友捅刀的表情，痛苦中帶著不可置信，表演堪稱浮誇。「我流兩行血淚給妳看信不信？」

「如果只是為了讓我們吃這頓好的，完全可以向老闆買半成品的食材，回來只要炸一炸、熱一熱，再切一下不就好了？或者乾脆讓我們去那裡吃也行。」許晴幫著把食物擺在透明的玻璃餐桌上，倒一點都沒有因為不熟悉而有所拘謹，反而看上去比廖山月更像是主人的樣子。「幹麼要這麼麻煩？坐下吧，準備吃飯。」

廖山月臉上浮誇的表情頓時僵住。「對……對哦？我幹麼要這麼麻煩啊……」

程敘把剛買的兒童椅搬過來，把小星抱上椅子，讓他坐好不亂動後，誠懇地說道：「真虧你能避開所有簡便的選項選了這種方式，我反而覺得很厲害哦。」

程敘毫無諷刺之意，但正因為他如此誠懇，卻反而讓言語如一把粗糙的小刀，在已經汩汩流血的心靈傷口上再狠狠地「攪拌」了一下，廖山月悲憤欲絕。

這是來自好友的當面背刺。

「你確定你是在誇我？」

程敘定定地看了廖山月一會，略帶猶豫地說道：「你好像覺得不是？」

廖山月想要拍桌，但看到旁邊小星在，怕嚇到孩子，只好咬牙切齒地說道：「自信點兒！把好像去掉！」

程敘終於確定了廖山月似乎真的誤解了自己的意圖，於是試圖挽回，卻不由得越描越黑。「我解釋一下，從這件事上我真的是在誇獎你。你想想，你做了這件事，所有人都得利了，至少有三家因為你的串聯而有了新的收入，而我們也吃到了好吃的，大家都很開心，也就只有你忙了半天什麼都沒得到而已……」

廖山月深深吸了一口氣，隨後抬頭看天花板，彷彿要穿過建築眺望天空，語氣惆悵。「……別說了，你越說，我越覺得自己像個傻子。」

小星覺得這個叔叔浮誇的表情很奇怪，雖然很多事沒聽懂，但還是能找到有趣的點，咯咯咯地笑了起來。

這情景看在程敘和許晴眼裡，程敘自然是覺得兒子終於不哭了，開始笑了是件好事；至於許晴，則覺得雖然廖山月看著不是太可靠，但做為一個家庭的笑料，大小尺寸很難再找到那麼合適的了。

反正也只是暫時寄宿，等她回來，終究還是要把兒子接回去的。有個可以讓他開心點兒的人，多少也可以抵消他對陌生環境的壓力。

因為有喜歡的食物，小星這頓吃得很香，臉上沾滿了咖哩，吃完後還意猶未盡地舔了舔嘴；但奈何咖哩醬面積占據太大，他的小舌頭實在舔不到位，甚至還把嘴脣邊的咖哩往外擠了出去。

程敘瞅了一眼前妻，看她無動於衷，就想把桌邊的紙巾抽一張出來，替兒子擦一下臉。

但有人比他動作更快。

那是一隻油膩膩且沾滿咖哩的大手，在小星的臉上抹了一下，僅僅一瞬間，小星的臉就和塗了迷彩妝的士兵一樣了。

除了某個人形哈士奇，所有人都愣住了。

小星肉乎乎的小手摸了摸臉，又看了看媽媽，一臉懵。他有生以來第一次遇到這麼不可靠的大人，一下子都不知道該做何反應。

「廖、山、月。」程敘的聲音並不激昂，卻隱隱透著一股危險的氣息。

而許晴則是挑眉，忍住了想要插手的欲望。畢竟今天最重要的事情就是考察這個環境到底能不能讓小星生活上一段時間，而不出什麼問題。

如果僅僅是無傷大雅的打鬧，她目前還可以忍受。

廖山月正一本正經地吸吮著手指上的醬料。「喊我幹麼，反正今天這麼熱，肯定要洗澡的，不弄髒點也對不起那點兒洗澡水吧？浪費很可恥的。」

這是什麼鬼邏輯！

還不等程敘說什麼，廖山月不知道從哪裡掏出一把早就準備好的黃色鴨頭水槍，衝著小星就是「嗶嗶」兩記……

細小的水流沖在小星的腦門上，對肉體的破壞性不大，但心靈上，對一個正在調皮年紀的小孩來說，這是侮辱性極強的挑釁。

小星忍不住尖叫一聲，撲到廖山月身上，要去搶那把水槍，嚷嚷著。

「給……給我！」

許晴一見孩子有點瘋得沒樣了，忍不住輕咳一聲。「小星，禮貌呢？」

小星的身子一僵，但還沒等他做出下一個反應，整個人就被廖山月抱起來。

「禮貌個香蕉哦！浴室打水仗去！」

廖山月站起身，一邊發出魔性的笑聲，一邊帶著咯咯直笑的小星進了浴室。

餐桌上陷入了一陣詭異的沉默。

良久，程敘乾咳一聲。「他比較喜歡和孩子鬧著玩。」

許晴沒理他，站起來追上去兩步，最終還是什麼都沒說，什麼都沒做。她一言不發地回到座位上，低下頭，默默吃著咖哩飯。

和程敘所擔心的方向不同，許晴在聽到孩子的笑聲後，其實心反而放下了一小半，可還有一部分，讓她覺得很不舒服。

尤其當她意識到這個問題源自於她自身時，她便感覺到，這是一種如同在雨天裡，雙腳穿著帆布鞋，走在無人區泥濘中的感覺。

潮溼、黏膩、冰冷、孤獨，還有茫然。

「許晴？」

一聲略帶關心的問候，讓許晴從沉思中回過神來，她如夢初醒，愕然地看向程敘。「什麼？」

「看妳臉色好像不大好。」

「沒事，就是這幾天沒睡好而已。」

「哦，那、那就今天好好睡。」程敘乾巴巴地回應，他不善言詞，在面對許晴的時候尤其明顯。「那個……我剛才說的，妳怎麼說？」

「什麼？」許晴意識到自己錯過了程敘的話，她略帶不自在地用手指將髮梢撩到耳後。

「我是說，就目前來看，還ＯＫ嗎？小星應該可以住在這裡吧？」

許晴看了看周圍，四周似乎都在今天被整理好了，很明顯程敘或者是廖山月為了今天的會面做了不少工作，至少從態度上，許晴很難不說滿意。

「沒問題。」許晴說完這句後，看到了程敘臉上的喜悅，她不知自己出於什麼心情補了一句。「就今天來說，是這樣。」

「那妳明天來嗎？」程敘沒有因為許晴的回答而表現出沮喪，或者鼓舞，他現在只是在想方設法地讓許晴對自己家的環境感到滿意。

「在小星適應之前，我都會來。」不知道從什麼時候開始，許晴的態度從「這個家庭是否能讓小星待著」變成了「要讓小星適應這裡」。

程敘沒有意識到這點，而許晴同樣也沒有。

但兩個人在彼此的對視中，都冥冥中感覺到，似乎有什麼不一樣了。

兩人此刻陷入了沉默，這本沒有什麼不對，沉默在他們以前的生活裡經常出現，也不會有任何的不適；但這一次不同，也許是程敘的不安，或者是別的什麼原因，許晴感到了不自在。

但偏偏，煩躁的情緒是許晴最不想在程敘面前表露出來的。可越不想，心中那團陰鬱的火就燒得越旺，讓她覺得呼吸都是一種痛苦。

「我今天還有一些事要做，小星就交給你了。我明天會再來，有問題隨時打電話給我。」

「啊？現在就走嗎？才剛吃完飯，不再坐一會？」程敘有些奇怪許晴的樣子，畢竟現在還是考察期，趁現在多觀察一下應該才是最合理的，這對雙方都有好處。

當然，出於自知之明，知道自己的形象在許晴這裡很糟糕，程敘肚子裡糾結了半天還是沒把意見提出來。畢竟他不知道，這個前妻會不會和他鬥氣。

許晴聞言，眉毛一挑，上下打量了程敘幾眼，最終沒有對他說什麼，而是衝不斷傳出笑聲的浴室喊道：「小星，媽媽回去了，明天再來看你哦！」

「啊？不要！我要跟……啊啊！哈哈哈哈哈！」

小星在浴室裡原本十分著急的聲音被打斷，而後發出了帶著可以讓人聽出懊惱情緒的笑聲。

啊……小星為什麼發出那種笑聲？那個人形哈士奇到底做了什麼？好在意。

程敘面無表情，但內心飽受煎熬。在這一刻，他甚至想讓許晴趕快回去，好讓他進浴室裡看看。

「我最好還是趁現在走，他現在還能開心一點，否則一會我在，他鬧起來會很麻煩。」做為瞭解兒子的母親，再加上不是第一次寄宿，許晴有自己的一套經驗。「記住，有問題隨時打電話給我。」

「哦，那妳快走吧。」剛才還意圖挽留的程敘很直白地開始趕人了，若是廖山月不在浴室而是在旁邊，估計得絕望到哭出來。

但好在許晴本就對這個前夫有所瞭解，也早就沒有了不切實際的期待，只是應了一聲便到了玄關，快速穿上鞋，阻攔了試圖送她出去的程敘。「盯著小星，今天是第一晚，過了今天他會好很多，有問題隨時打電話給我，OK？」

程敘連連點頭，老實得像隻鵪鶉。「ＯＫ。」

得到回應後，許晴直接把門關上了，頭也不回地下了樓梯。走著走著，她越走越快，在出了一樓之後，她甚至開始小跑起來，最後越跑越快。

彷彿只要跑得快點，就能讓那個討厭的影子追不上自己。

當她跑到車站，扠著腰停下來，大口喘氣的時候，看到候車椅上滿臉皺紋的老太太，正扶著拐杖，笑咪咪地看著她。

「跑這麼快，很急啊……」

「啊？嗯。」許晴含糊地應聲，不好意思地笑了笑。

老太太聞言，慢悠悠地說道：「跑得再快，公車也不會因為妳跑得快而提前到，要慢慢來呀。」

許晴微微一愣，而後感覺到心中的一個角落，似乎莫名鬆了口氣。

成爲家人的
可能性

第六章 老練和友情

「媽媽呢？」

小星甚至沒等身體被擦乾淨，光著屁股就跑出來了，嘴角向下，說話音調拉長，略帶喘息……

即便是遲鈍如程敘，他也立刻能意識到一件極為麻煩的事——這小傢伙已經做好了嚎啕大哭的準備。

還沒等他想到接下去該怎麼做，一條乾爽的毛巾便從小星即將哭出來的臉上毫不猶豫地抹下去，完全無視他在情緒醞釀方面的努力。剛想擠出一點淚花，眼淚還沒來得及出來，那預備哭的表情便被擦得再也無法維持。

「嗚～～～」小星不斷掙扎，但在廖山月老練的動作下，他一邊笑，一邊被擦乾淨了。

為什麼會笑？

「他怕癢實在幫了大忙。」廖山月笑得如同調戲良家婦女的不良衙內，當他發現程敘一臉詭異地看著自己的時候，頓覺得不自在。「幹麼？看上洒家裸露的身體了嗎？事到如今你別說你換胃口了啊？」

是的，因為小星急著出浴室，廖山月也只是大概擦了擦，裹了條浴巾就出來了。

「嗯，就是覺得你很厲害。」

「媽媽呢？」小星對這個問題的執著自然不會是廖山月的搗亂能抹除的，他始終盯著這個問題，但好在，那種準備哭的氣勢，算是被廖山月暫時打斷了。

「媽媽有事嘛，辦完事你就看到她啦。」廖山月口氣輕鬆地說著，但還不等小星繼續追問，他就拋出了一個在程敘眼裡有些莫名其妙的問題。「小星，你媽媽說有作業留給你，她說玩可以，但作業也要做，等她來了可能要檢查。那你看，現在你是先玩還是先做作業啊？」

小星聞言，毫不猶豫地回答：「玩！」

「那你先去床上玩好不好啊？你爸爸和叔叔我還有點兒事要做。」說著，廖山月從角落的櫃子裡拿出一個大大的塑膠袋，透過塑膠袋模糊的表面，程敘還沒說什麼，小星就發出了一聲興奮的尖叫——

「賽羅！」

「喔！你也知道啊，很識貨嘛！」廖山月對小星讚了一句，然後拿出還未拆包裝的人偶玩具，對著雙眼發亮的小星道：「這是我今天剛買的，想不想玩？」

小星自然忙不迭地點頭。

「那借你玩一會，小心別弄壞了哦，你先去床上玩，洗澡過就別亂跑了。」

「哦！」

三下五除二搞定了小星，廖山月等小星進去後，就把臥室門帶上，隨後對震驚到快向他跪下的程敘說道：「你兒子很乖啊，比我想得好搞定。」

程敘舉起手，如同上課要求發言的乖乖學生。

廖山月手一擺，鼻孔朝天作浮誇的驕傲狀。「有什麼問題儘管問。」

程敘伸出一根手指。「首先，你要明白一件事，許晴今天不會再來了。」

「我知道。」

程敘伸出第二根手指。「然後，她也沒交代作業給孩子。」

「我也知道。」

程敘聽到這裡，忍不住皺眉，他憂心忡忡地說道：「你這麼騙孩子不好吧？」

廖山月對程敘的質疑顯然嗤之以鼻，他哼了一聲。「這有什麼不好的？」

程敘一看廖山月的反應，不由得有些心虛，他在管孩子這方面確實沒什麼信心，於是只好搜腸刮肚地回想別人的說法。「騙小孩不好，他還小不懂事，萬一學你怎麼辦？」

「這說法簡直臭不要臉。」廖山月冷笑一聲。「你倒是懂事了，你懂事後沒撒謊過？」

「呃，也對哦。」程敘一愣，雖然覺得隱隱有點不對，但邏輯上被廖山月說通了。

「所以嘛，騙人和懂事、不懂事沒關係，你只是覺得孩子會騙人的話，你就不好管了而已；但問題是，孩子遲早都會學會說謊，因為你不能否認，撒謊這個技能是全世界最實用的技能，你一個大人都忍不住用，何況孩子？」

廖山月如果是個教育家，無疑是歪門邪道的那種，但奈何程敘沒有什麼甄別能力，只能眼睜睜地看著他胡扯。

「所以大人要做的不是禁止孩子撒謊，而是要讓他明白什麼情況可以撒謊，什麼情況不能，以及怎麼撒謊。」

程敘點點頭，居然真的欽佩起面前這個胡說八道的死黨，可之後他還是有點擔心，所以繼續問道：「那你準備怎麼辦？他現在是在玩，可等會兒⋯⋯」

「安啦，這我怎麼會想不到？」廖山月霸氣地打斷了程敘的疑慮。「他現在會很認真、很暢快地玩玩具的，等會兒玩累了就會想睡，現在他是最不會想媽媽的時候。」

程敘想起之前兒子一路上哇哇大哭到睡著，知道小星對母親有多依戀，所以對廖山月的信心十分不解。「你為什麼這麼覺得？」

「因為玩具不是給他的，是借給他玩的。小孩子對借到的玩具，興趣會比自己的玩具還大，因為他們知道這個玩具遲早會被收回去，所以肯定要玩個夠本，特別是他喜歡的玩具尤其如此，所以他現在絕對會玩很久，而且很用心；而現在就算許晴回來了，對他來講也不一定是開心的事。」

「啊？」

「作業啊……」廖山月笑得像隻正在惡作劇的狐狸。「你忘了，我告訴他，許晴留作業給他了。」

程敘恍然大悟，一下子知道了廖山月為什麼可以成功地穩住了剛才要哭的小星。

廖山月見程敘明白了，便把最後的解釋告訴他。「所以等一下我會告訴他，他媽媽快忙完了，待會兒要過來檢查作業；但他還沒有寫作業，而他明天要去幼稚園，必須早點睡，所以如果他能在媽媽到之前睡著，我可以和他媽媽說是我讓他不要寫作業的，責任在我不在他。」

程敘愣了良久，然後忍不住感嘆。「你這套路一個接著一個，怎麼那麼熟練啊？」

「哦，我沒說過嗎？我以前考了幼稚園教師證，還實際幹過一段時間來著……」廖山月說著陷入回憶，臉上露出了曖昧的笑容。「我跟你說，幼稚園的正妹都很會照顧人哦！」

「山月啊……」

「幹麼？」

「你浴巾掉了，還是把褲子穿起來吧。」

「……哦。」

＊　＊　＊

又到了每個禮拜都有的「人類關係」選修課的時間，在將今天的內容主體大致講完後，程敘認真地在黑板上寫下「人類關係三維理論」，然後用「情感需要」、「支配需要」、「包容需要」分別占據了三個角。

「上節課讓大家以這個方式去理解如何架構人類關係，同時我還留下了課題，愛情、親情、友情最脆弱的情感是哪種，有人有好好思考嗎？如我上節課所說，如果答對了，期末加兩分哦。」

教室裡沒有一個人舉手，程敘眉毛一挑，補充了一句。「答錯也有一分。」

話音一落，頓時有四、五隻手猶猶豫豫地舉起來，程敘隨便挑了一個，是個男生。

「愛情吧，現在出軌偷吃的新聞很多，挺普遍的。」

「嗯，那你覺得原因是什麼呢？」

「愛情是獨占的，所以容許度自然就比較低，像我和女友走在街上，但凡我多看個正妹一眼，我女友就至少一天不會給我好臉色啊……」男生笑嘻嘻地回答，他的舉例也引起了笑聲。

程敘沒有說對，也沒有說錯。「請坐，還有不同意見的嗎？」

這一次，整個教室只剩下一隻手舉著了。程敘一看，這也沒得挑了，就點頭示意另一個男生回答。

「不是有個詞叫見色忘義嘛，所以我覺得如果真的起了衝突，很多時候人是會為了愛情放棄友情的。有因為喜歡上同一個異性，最後關係尷尬到做不成朋友的；也有因為找了個管得比較多的戀人，導致失去朋友的，這情況我覺得挺普遍的。」這位男生說到這裡，似乎深有感觸。「所以我覺得其實友情很多時候是最脆弱的。」

「請坐，還有沒有不同意見的？」程敘環顧教室，隔了良久，他確認再也沒有人舉起手後，說道：「看來沒有了是吧？那兩位同學，你們都加一分，下課後到我這裡，把學號報給我。」

顯然，程敘並沒有對答案滿意。

「大家有沒有發現一個問題，大家似乎都偏向懷疑友情或者愛情，但親情並沒有被質疑？有想過這是為什麼嗎？」

「親情有血緣連接吧……」

「這當然是一個理由，但其實並不準確。舉個例子，中國古代為了延續家族的興旺，必須集中資源，所以存在嫡庶之分。這兩者皆有血緣關係的連接，但庶出的子女在地位和待遇上，也僅僅比家僕要好上一些而已。在大家族裡，甚至還不如其他幾房的嫡系子女；而且經常存在送出庶子，給沒有生育能力的其他家族成員過繼的現象。所以，血緣關係重要，但從來不是決定關係的最重要依據。」

說到這裡，程敘轉身在黑板上寫了一個詞——法理依據。

「人的感情是天生的，但感情並非堅固到不受外界價值觀的影響；而統一影響社會價值觀的一樣東西，就是法律，符合生存法則的法律。親情之所以讓你們覺得相對堅固，就是因為存在法律的束縛，存在法定義務。父母不能遺棄嬰兒，否則會構成刑事犯罪；夫妻必須彼此忠貞，否則離婚官司裡，過錯方會付出額外的代價。在部分國家，民法也規定孩子有贍養父母的義務。

「也許有人覺得自己的親情絕不是靠冷冰冰的條文建立的，這個說法讓人不悅，但拋棄你情緒化的思維，你會發現正因為有這樣的法理基礎，這些關係才更容易誕生信任。因為相互背叛的成本相對較高，這種束縛感給了人很強的安全感。

「所以相對而言，愛情，特別是結婚後，其穩定性往往要比婚前來得高，因為這增加了彼此的背叛成本。換個極端點的說法，婚姻就是為了彌補愛情的不可靠才建立的。也許，許多人結婚是因為相信自己找到了對的人，但這項家庭組成制度歸根結柢，是建立在懷疑對方的基礎上的。因為如果真的能維持無限期的信任，結婚制度本身就是多餘的。

「所以，信任是你們開始任何一段關係的最重要指標，但認識到『未來可能存在的不信任』以及如何處理『不信任帶來的風險』，這種理性思維是讓所有關係都能夠長久走下去的關鍵所在。

「有句老掉牙的話，叫婚姻是愛情的墳墓，被人理解成結了婚，愛情就會消失，其實是不對的。因為你找不到不結婚，愛情就可以不消失的依據。或者說，婚姻，就是為了防止愛情消失後，維持關係的一道法律保險；可同時，正因為有這道保險在，信任得到了維持，某種程度上，我認為反而會讓愛情關係得到更久的延長，因為這種感情被法律和生存捆綁到一起。所以，從本質上說，婚姻就是一份共同生存契約。

「對大部分人來說，情感沒有辦法和生存完全剝離開來，到底是生存為了感情，還是感情本身是為了生存而存在，從客觀情況來看，是一件極為曖昧的事……同學妳有問題嗎？請說。」

這次站起來的是一位女生，她戴著厚重的鏡框。「所以，老師你的意思是，友情也需要和生存進行法律綁定，才可以穩定嗎？但這種事現在應該做不到吧？畢竟，如果說到一起生存，基本都是以家庭為單位。」

程敘點點頭，他微微露出笑容。「就以同婚合法化、社會老齡化的如今，新型的家庭組成方式並不是不可接受，雖然並不普遍，但世界上已經有部分地方出現了集體養老的模式，雖然條款和婚姻一樣粗糙，但已經是一大突破了。所以基本可以預見，這種新型家庭的組成方式會逐漸被人接受，而在我們這裡，目前更是有得天獨厚的優勢。」

女生一愣，推了推厚重的眼鏡，好奇地問道：「什麼優勢？」

「因為在同婚合法化後，婚姻已經可以成為友人組成家庭的手段了。」

課堂裡突然陷入了安靜，哪怕是來混學分、沒有專心聽講的學生，在此刻都注意到了詭異的氣氛。

良久，女生小心翼翼地詢問：「老師，結婚不是應該，至少不應該這樣被利用吧？同婚制度是好不容易才合法化的，其初衷是為了給同志群體的愛情更多的保障，所以這方面是不是應該謹慎點？防止濫用？」

「妳說的確實值得好好考慮，但結婚的理由本就可以多種多樣。在同婚合法化之前，雖然有人為了愛情而結婚，但也有人為了傳統而結婚，也有人為了安定而結婚，還有人為了財產而結婚，更有人僅僅為了簽證而結婚。在法律賦予我們自由的今天，人們有權用任何動機去結婚，這是受憲法保護的，所以……為什麼結婚的理由不可以是友情呢？就如我剛才所說，婚姻制度，其實本質只是一份共同生存契約罷了，其本質和愛情毫無關聯。」

神奇的腦洞讓學生們忍不住竊竊私語，許多人面帶笑意，他們覺得有趣，但也僅僅只是覺得有趣，萬萬沒料到現在教室裡的講師已經在準備實踐了。

隨著下課鈴聲響起，程敘交代了感想小報告的作業，在一片哀號聲中走出了教室。

此刻時間已經到了下午五點四十分，除去收尾工作，程敘就算動作再快，今天至少也得六點以後才下班。他有些擔心此刻在幼稚園的小星，是否能被某隻人形哈士奇順利地帶回家。

「阿嚏！」

廖山月狠狠地搓了搓鼻子，心中想著莫非是今天被自己放了鴿子的正妹在罵人嗎？

他此刻穿著黑色的背心，在幼稚園和許晴用電話確認之後，孩子便交到了他手上。

小星開頭還有著些許不安，但因為和母親通話了，以及知道晚上能碰面之後，就乖乖伸手拉住廖山月的袖子，離開了幼稚園。

廖山月看小星小心翼翼地抓他的袖子，知道小星有些拘謹，就找了個話題問道：「小星喜歡吃什麼儘管說哦，晚上做給你吃。」

「媽媽剝的蝦！」

「嗯，那今天我剝給你吃好不好？」

小星一點面子都沒給。「不好，我要吃媽媽剝的！」

廖山月被拒絕了，毫不氣餒，繼續問道：「小星吃蝦都是媽媽剝的嗎？」

「嗯！」小星驕傲地仰起頭。「媽媽剝得很好的。」

「那媽媽吃過小星剝的蝦嗎？」

小星一愣，然後有些害羞地說道：「我還小，不會剝。」

廖山月嘿嘿一笑。「哦，那今天教你怎麼剁，給媽媽吃好不好啊？媽媽肯定會開心的，估計開心到能把小星你昨天沒做作業的事都忘了哦……」

小星猶豫了一下，他有些擔心自己學不會，但想到媽媽可能會高興，再加上昨天沒做作業的心虛感，促使他點點頭。「哦，好啊……」

廖山月得意地揚眉，那眼神如同正在對著鏡頭耍酷的哈士奇，得意中帶著三分傻氣——給孩子挖坑，以本天才的能力，那不是一挖一個準嗎？

因為昨天在浴室裡和小星瘋玩了一把的關係，幾句話的工夫，小星在不知不覺中卸下防備，在廖山月時不時的搞怪之下發出了控制不住的笑聲。

在把小星帶到家，打開門，讓小星進去後，廖山月的手機響了起來。他一看，是程敘的來電，便接了起來。

「喂？你下班了啊？」

程敘的聲音從電話裡傳來，起伏不大，但廖山月明顯能感覺到他的緊張。「快了，你接到小星了？他現在怎麼樣？」

廖山月也不管程敘看不看得到，拍著自己健壯的胸口說道：「安啦，我辦事你放心，人接到了，都到家了。至於他怎麼樣，我看看……哦，他剛才笑得肚子疼，現在躺沙發上休息呢。」

程敘聞言，聲音不知為何變得有些遲疑。「……是、是嗎？」

廖山月大剌剌地回應。「是啊，你以為我是誰啊？沒讓他笑死是我手下留情了好嗎？」

「……」電話那頭陷入了詭異的沉默

廖山月突然感到有點不大對頭，問道：「喂，你不會嫉妒你兒子和我關係比你都好吧？」

「你才沒有比我好……你神經病啊。」程敘罵了這句話後，便掛了電話。

廖山月看著被掛掉的手機，目瞪口呆——

不會吧？這死腦筋真就那麼小心眼？難怪許晴跟他離婚了，活該！就這貨色，除了我也沒人會要了……

哎，我這該死的，無處安放的溫柔啊！

走進家門，去廁所尿尿的廖山月只覺得無比惆悵，然後……也許是在開閘放水的關係，又或者是被自己剛才的心聲噁心到了，他忍不住打了個冷顫。

「你才神經病！」

彷彿有所感應一般，正在學校裡整理東西的程敘似乎覺得剛才在電話裡罵得不是那麼過癮，嘴裡又唸叨了一句「神經病」，卻冷不防被人從身後拍了拍肩膀。

「程老師，下個月的秋季修學旅行，需要老師帶隊，社會學系的教員們都帶隊過了，一共要兩個老師，現在還剩下一個名額。先跟你說，這次預算很足，是這幾年來最豪華的一次，你有沒有興趣？」

「不用這麼客氣，朱老師，你直接叫我名字就行了。」程敘對來人很是敬重。

來人是負責學生庶務以及貸款事項，名叫朱洪善的中年男性，他在學校已經工作了二十年有餘，當年的溫和型帥哥，已然變成了肚子微凸的和善大叔。在程敘還是大學生的時候，他就已經在了，因為某些原因，對當時的程敘十分照顧，程敘也一直以老師的稱謂來稱呼他到現在。

「謝謝你的邀請，但還是把機會給別人吧。」

大學裡的修學旅行，雖然有著修學兩個字，但畢竟是旅行，所以某種程度上和公費旅行差不多，費用全部由學校報銷，也能拉近和學生的關係。而且因為主要帶隊的是教授，所以這個修學旅行的「修學」二字，其實跟他關係也不大了。

如果他參加，更多是輔助帶隊的教授完成這次旅行，學生寫的報告他甚至連認真聽的必要都沒有。

朱洪善聽到這個答案，倒不是很意外，對程敘欲言又止，然後嘆了口氣。

「行吧，只是你不去真的挺可惜的，但人生有些坎，你總得過的，日子還長呢。」

這句話一出，朱洪善突然意識到自己好像說錯了話，他拍了拍自己的嘴。

「啊，不好意思，我多管閒事了……你別往心裡去。」

「哪裡，我沒在意了。」程敘見朱洪善還是一副懊悔的表情，於是就解釋了一句。「這次是要照顧孩子，確實沒辦法去。」

「哎？照顧孩子？現在孩子跟你過了啊？好，好，那就好、那就好。」朱洪善聽到這句話，似乎很高興，他用力拍了拍程敘的肩膀。「那就不麻煩你了，哈哈，那我找別人去！」

看著朱洪善那從後腦勺都看得出高興情緒的背影，程敘嘴角勾了勾，剛才因為和廖山月的通話而浮躁的心緒竟然平靜了下來，甚至還覺得剛才的自己有些可笑。

他提起包就要走，可剛抬起腳，他又猶豫了。

可能是朱洪善剛才的話觸動到了他，他彎下腰，從辦公桌裡拿出已經準備兩個多星期、卻一直沒有拿回家的冊子。他往裡翻了翻，確認完畢後將其小心翼翼地塞進公事包裡，隨後才離開辦公室。

成爲家人的可能性

第七章 蝦仁和標本

許晴今天加班了，即便她緊趕慢趕，等到了程敘家看兒子，也已經八點了。當廖山月打開門讓她進來的時候，她就看到程敘把最後一道熱騰騰的菜端上來。

她一愣。「你們還沒吃過？我不是讓你們別管我，自己先吃嗎？」

廖山月眨了眨眼。「今天必須等妳一起吃。」

許晴皺眉問道：「小星不會也沒吃吧？」

廖山月點點頭。「之前讓他稍微墊了一點，他今天一定要等妳。放心，餓不著他。」

許晴聽到這話，臉色就有些不好，卻也不忍心在孩子面前說什麼。以前她加班的時候，偶爾也會有這樣的情況，本以為這次讓人先把孩子接了，就可以正常吃飯，卻沒想到還是要等她。

雖然知道他們是一片好意，只是她的情緒不由得轉向陰霾了。

「媽媽！蝦，蝦！」小星坐在椅子上，一臉興奮，小手堪稱五爪「金」龍，汁水不止滴在手掌，甚至手肘上都是，閃閃發亮。在廖山月的指導下，他已經禍害了一小盤蝦，經過練手，目前倒是能夠把蝦殼剝下來，只是剝下來的蝦仁基本可以稱之為「殘花敗柳」。

廖山月攔住他亂揮的手。「小星等等啦，媽媽還要洗手，馬上來。坐好囉，準備開飯。」

許晴茫然地點點頭，她很少能看到兒子在吃飯的時候這麼興高采烈的。小星在吃飯這方面，實在說不上乖巧，不僅挑食，而且心不在焉，每次吃飯都要她在一邊盯著，她幾乎是以輔導家庭作業的態度在監督孩子吃飯。

待她洗完手，坐在小星旁邊的時候，小星就用手抓了一粒已經剝好的蝦仁湊到許晴的臉邊，試圖把食物塞進去。「媽媽！蝦！」

許晴看了一眼桌上的白灼蝦，又看了看已經剝出來的蝦仁。蝦仁表面已經不再光滑，凹凸不平，甚至尾巴處還有不規則的斷痕，只連了一部分，整個蝦仁搖搖欲墜，即將完成「腰斬」的狀態。

一個不可思議的猜想從腦海中掠過，許晴驚訝地看了看程敘。「是他剝的？」

還不等程敘做回應，許晴便迫不及待地低下頭，看向面露得意表情的兒子。小星露出了一個大大的笑臉。「我剝的，媽媽吃！」

許晴只覺得好像有一道雷劈下來，把她剛才所有不好的情緒都劈得灰飛煙滅，她近乎慌亂地用嘴接下了來自兒子的餵食。因為小星搖晃著手，蝦仁弄髒了許晴的嘴角，但許晴完全沒有注意到這一點。

「媽媽好不好吃啊？」

先不說廖山月的手藝如何，因為小星實在太早剝完，蝦仁不僅已經冷了，而且白灼汁早就在他剝的過程中流得一乾二淨，再加上技巧問題，原本光滑的蝦仁表面也變得粗糙不堪。如果在店裡吃飯，店家端上這樣一道蝦仁，基本上離關門也不遠了。

可是對一位頭疼孩子吃飯很久的母親來說，人生第一次吃到孩子剝的蝦，她此刻的反應是懊悔——竟然沒有用手機拍下這人生的美味瞬間！

這照片如果拍出來，她每天看一眼都能睡得甜上三分！

「好吃，好吃。」許晴連連點頭，眼眶微紅。「小星這麼聰明，都會剝蝦了啊，誰教你的啊？」

廖山月這時候插了一句。「沒教，我就丟給他一盤蝦自己玩，玩著玩著就會了，挺聰明的，很快就摸到竅門了……小星，你還沒吃飯吧，別光顧著餵媽媽哦，自己也要乖乖吃飯。」

也許看到母親的反應讓小星很有成就感，這種反應如同鼓勵一般，少見地拿起湯匙扒起飯來，同時還從那個堆滿一小碗的蝦仁裡挑出一個碎掉的蝦肉塞到嘴裡。

許晴注意到，小星剛才遞給自己的蝦，應該是小碗裡相對比較完整的蝦仁。於是她意識到兒子是為了得到自己的認可，特意把最好的那隻蝦給了自己。

她此刻自然沒心情說什麼「不要玩食物」這種無趣的教條，她雖然開心，卻也心亂如麻。孩子才交給人家一天，就已經變得那麼懂事了，她也不得不承認自己的內心深處有一種挫敗感。

「你們比我想得要好得多。」許晴說了一句，讓程敘露出喜悅的表情。「看樣子沒什麼太大問題，你們下禮拜就找個時間吧。」

廖山月一臉茫然。「找個時間？」

許晴失笑。「你們不是要證婚人嗎？忘了啊？」

「哦……哦哦，妳說這個啊。」雖然追求的目標就是這個，但他突然發現，自己這個「現任」在「前任」面前，似乎有點尷尬。

「媽媽吃蝦！」小星又從碗裡找到了一個相對完整的蝦仁，用湯匙小心翼翼地丟到許晴的碗裡。

許晴的眼睛都笑彎了，不再理會另外兩個男的，專心地和兒子吃著這頓……多年來從未如此開心的一頓飯。

許晴感覺到，時間過得比前一天快多了，不知不覺要接近晚上十點。在廖山月拒絕了許晴想要洗碗的行動後，許晴看著兒子陷入了夢鄉。

她臨走的時候，依舊沒有讓程敘送。「比我想得要好一些，但有個問題。」

「什麼？」

「他昨天和今天，有叫過你爸爸嗎？」

「……沒有。」程敘感覺到一陣難堪。「不過我自稱爸爸的時候，他應該也不排斥就是了。」

「那他怎麼叫你的？」

「沒叫，就是直接說話。」

許晴搖搖頭，她皺著眉對程敘說：「小星現在對你的態度有點奇怪，他看上去有點不知道怎麼和你相處，所以連爸爸兩個字都叫不出來，這是個問題。如果他一直這樣，恐怕把他交給你還早了一些。」

程敘聞言頓時有些著急。「會好的！」

「我沒說不會好，可能是因為你太久沒有和他見面的關係，所以生疏了吧。他有些時候是有點內向的，偏偏你也是個死木頭。」許晴略帶嫌棄地看了一眼程敘。「不管這次結果如何，即便我不把他交給你，你平常也要去多看看他。我不會再阻止你去看他了，這樣下次才有機會。」

程敘看上去並不滿意許晴的表態，他追問道：「那這次呢？」

許晴知道程敘此刻的糾結，但在這方面，她不想讓步，只是斬釘截鐵地說道：「我不可能把孩子交給一個他陌生到連『爸爸』兩個字都叫不出的父親手上，我不是說你不行，但這個需要循序漸進，直接就把人這麼給你，我不放心。不過，雖然這次有可能不能把孩子交給你，但替你們當證婚人沒問題，很多事情，你總得有耐心。」

程敘抿著嘴，他心裡情緒翻湧，卻說不出一句反駁的話。

「明天禮拜五了，我應該會加班到很晚，可能就不過來了，到時候可以視訊聯繫。幼稚園六、日休息，你們有計畫嗎？」

程敘一愣，茫然道：「計畫？就是管著他吧？」

「週五老師一定會交代一些作業，內容並不多，但基本都需要花一些心思。」

許晴看著程敘僵硬的臉，幽幽地說道：「我先跟你說一下，之前小星在我這裡，作業從來沒有落下過，勞作方面也經常被幼稚園老師點名表揚。」

程敘雖然有些不安，但因為職業是大學講師的關係，在教育這方面他多少還是自信的，所以點點頭，說道：「學習這塊妳放心，我好歹是做這行的，我會看著辦。」

許晴哼了一聲。「希望如此。」

第二天，提早下班的程敘帶小星回家，當他得知作業的內容後，雖然驚訝其難度，卻也沒有擔心。直到他陪小星練習做三十以內的加減數學題，他有些絕望。

孩子是這麼笨的生物嗎？

為什麼教的時候會，做的時候就不會了呢？

而且為什麼二十以內還可以，超過二十就不行了？差別有那麼大嗎？

當廖山月回到家，他只看到在自己房間嚎啕大哭的小星。

這間屋子是特意收拾出來給孩子住的，而廖山月和程敘擠到了另一間臥室，東西目前還不多，不過因為許晴從家裡拿了一些玩具過來，房間多少還是帶了一些孩童氣息。

「怎麼了？」廖山月看向站在一邊盯著孩子寫作業的程敘，面帶鄙夷。「菜鳥，做個作業哭成這德行，你是打他了？」

「沒有，他想玩你的那個玩具，我說做完作業再玩，他就哭了。」程敘顯得愁眉苦臉，心裡只覺得回大學教書更輕鬆。

廖山月聞言，蹲下來看著哭泣的小星。「小星你想玩啊？」

小星抽泣地點頭。

「但作業也得做吧？」

「可、可都好久了。」小星噘起嘴巴，吸著鼻涕泡泡。旁邊的程敘見狀，用紙巾替小星擦了擦。

「多久了啊？」

「好久好久了。」小星顯然說不出具體的時間，他看上去還不會看錶。

廖山月轉頭看向程敘。「多久了？」

程敘苦笑。「才半小時多一點。」

「那先交給我，你做飯去。」廖山月站起來，打發程敘幹活，見程敘還在那邊猶豫，就拍了拍他的肩膀。「安啦，我你還不放心？」

「我這個當老師的都沒教好，你的話……」

廖山月的眼睛一瞪。「我也是有學員的啊，教練難道不會教人啊？」

程敘還在那邊糾結，他覺得自己都不行，交給廖山月好像更不可靠，畢竟哪怕是學習成績，從小也是自己比他好一些的。「但你好像說你以前待的那個幼稚園沒什麼課業壓力吧？」

「那我還是教練呢，不用教學員的嗎？」

好像也有道理……

程敘被說服了，可他進廚房過了不到二十分鐘，就發現廖山月也進來幫忙了。「你怎麼來了？他作業沒這麼快吧？」

廖山月從冰箱裡拿出四個雞蛋，一個個地磕到了小碗裡。「我沒讓他做作業啊，我讓他玩了。」

程敘在砧板上切雞腿肉的動作停了下來。「啊？」

「已經學了半個小時了，然後現在他都哭成那樣了，心思就不可能在作業上了，沒效率。」廖山月撒了一匙鹽，然後用筷子打起蛋來。「一個小孩子，你能指望他維持多久的注意力？特別是明天是星期六，今天肯定是想玩一下的，不會有什麼心思，結果你一上來就讓他做最不喜歡的作業……你是真能挑啊。」

「啊？他最不喜歡的是數學嗎？」

「你看，你連問都沒問。」廖山月嘆了口氣。

「主要是別的我還沒想好做什麼。」程敘低下頭，重新開始切雞肉，「你是說勞作和動植物的繪畫和介紹嗎？」廖山月說到這裡，十分奇怪地問道：「我記得你以前對植物挺有一手的啊，怎麼？教不了？」

程敘搖搖頭，他把切好的雞肉放在碗中，撒上鹽按摩了起來。「不是，是我沒教過這個。其實我本來也打算教他一些，東西我都帶回來了，但還沒想好，想明天計畫一下，否則我怕太複雜枯燥，他沒興趣。」

「你爸怎麼教你的，你就怎麼教他啊。」

程敘按摩雞肉的手微微一頓，然後淡淡地說道：「我爸當初是直接帶我去山上，或者野外的。」

廖山月一怔，然後發出了「嘖」的一聲。「那今天這頓飯我來吧，你別做了，你去書房把法子想出來，想不出來，今晚沒飯吃。」

程敘眨了眨眼，半晌沒明白廖山月為什麼突然這個態度。「怎麼突然這麼著急？」

「不著急不行，有些路不早點走，你到死都看不到頭……」廖山月的聲音有點沉悶。「否則小星一輩子都沒跟你出去好好玩過，你這輩子不遺憾啊？」

「……」程敘沉默著洗了洗手，擦拭乾淨後走出廚房，準備去書房想法子，順便看看小星怎麼樣。

結果他沒在小星的臥室看到孩子的身影，最終卻在書房找到人了。當程敘看到自己被打開的公事包，然後又看到被小星翻開來的那本他特意帶回來、卻還沒想好怎麼用的冊子，忍不住一怔。

他發現有些事可能根本沒那麼複雜。

這本冊子有十多年了，很厚也很大，有A4紙大小，是植物標本冊。這麼多年來他用得越來越少，原因無他，日常中能碰到的植物，他基本都集齊了。

小星是第一次看到書裡放這些東西的，他從未見過書本上除了字和畫以外，還有別的東西存在，每一頁根據植物葉子的大小都有不同的透明夾層。

小孩子不會去試圖理解某一樣東西是做什麼的，他們的第一個反應永遠是「有趣嗎？」，而不是「有用嗎？」。前者在沒有瞭解全貌時，更容易激發學習的興趣；而後者，驅動往往源自於欲望，沒有看到真金白銀的回報預期，往往沒有什麼動力。

為什麼孩子的學習能力會高於成年人？很大程度便是因為這個。成年人因為知道自己所求，只會去學「有用的」和「訣竅」，以及「這裡必考」等一些已知的部分。但有趣的，往往是未知；而因為未知，所以也是無用的。

就像此時，小星在其中一頁停了下來，他看到了兩片奇怪的葉子。葉子大小都差不多，長約八公分左右，寬約三公分，邊緣有鋸齒。但最詭異的地方在於，葉子的中心部各自長了淡黃色的花朵。

看到小星試探性地按壓上面的花朵，程敘也不忍心打斷，標本壞了就壞了吧，大不了以後再做。

「這是葉長花，就是葉子上會長花的植物，花多的是雄花，少的那片是雌花。」

「這片真的是花哦！」小星似乎因為自己猜想正確而感到高興。「花還分雄雌哦？」

「嚴格說是葉子，只是葉子上長了花。」程敘心想：學習要嚴謹，畢竟你不能說一個人臉上長了顆痘痘，就說那是痘痘而不是臉。

「是花！就是花！」小星嚷嚷道，在這一點上他十分固執，不管你講什麼科學道理，他說這是花，那就必須是花。

程敘一怔，然後從善如流，點頭說道：「好，是花，是花。」

痘痘就痘痘吧，臉我不要了。

「你對許晴如果是這態度，我估計你還沒離婚。」站在書房門口的廖山月似笑非笑地說了句，待看到程敘茫然地轉過頭來，就說道：「還有二十分鐘開飯，就等飯好了。」

「你動作還真快啊……」

「不要小看大學時期我在小吃店的打工生涯啊！」廖山月說著，然後略帶曖昧地說道：「老闆娘對我超好的……咳！」

他看到了程敘瞪了過來，對於「在小星面前不可以為老不尊」這件事上終於有所意識，乾笑兩聲以後，看到小星在翻看標本冊。「小星啊，在看葉子標本啊⋯⋯」

「是花！」小星對於這件事很是堅持，誰來都沒用。

「對，是花。」一旁的程敘跟著點頭，嚴肅的表情看不出一絲狗腿的跡象，讓廖山月大開眼界。

「好好，是花，是花。」廖山月心中一動，突然意有所指地說道：「這花我也沒見過呢，幼稚園的小朋友應該也沒見過吧？」

小星點頭。「肯定沒見過！」

「說不定老師都沒見過呢！」

小星猛點頭。「肯定沒見過！」

「那⋯⋯要不就畫這個吧，小星，想想看，你畫了一個大家都沒見過的東西哦，是不是很厲害？」廖山月圖窮匕見，精準地把目標放在作業上，還不等小星面露難色，他就補上一句。「到時候讓爸爸跟你一起畫！」

小星臉上的神情頓時一鬆，他看了看廖山月，又看了看程敘，點點頭。

見廖山月見縫插針一下子就搞定了一項作業方案，程敘只覺得在這一刻，廖山月如同教堂裡十字架上的耶穌雕像，自帶光環且神聖不可侵犯。

嗯，如果不看他現在得意地衝自己聳動眉毛的表情，確實是這樣沒錯。

第八章 登記和詩詞

「啊，表格填好了嗎？恭喜你們，祝你們白頭到老。」
約莫過了四十分鐘，一名女性戶政人員將更新完的身分證和結婚書約遞給了程敘和廖山月。
當他們走到大廳，許晴問道：「你們要拍個照紀念一下嗎？」
兩人一怔，看到一旁讓人拍照的背景牆，那邊有一張白色的西洋公園椅，周邊擺上了各色花卉，一種愛意滿滿的氛圍撲面而來。
「這個就算了，也不符合我們優雅而獨特的氣質啊，但確實是值得拍照沒錯就是了。」廖山月摸著下巴，然後猛地一拍大腿。「我知道該去哪拍了！」
等廖山月開車把人帶到了地方，許晴望著面前的關公廟，神情古怪。「你確定要在這裡拍結婚照？」
「妳不覺得很合適嗎？」廖山月扠腰，一臉得意，他對自己的主意很滿意。
許晴不得不承認他說得沒錯，雖然這兩人不是Gay，但到這裡拍照還是滿合適的，只是這個腦回路確實讓人想不到。
在氛圍沉重且莊嚴的關公廟前，關二哥一手拿著青龍偃月刀，一手撫著美髯，作威武狀。許晴感覺關二哥如果活著，可能第一件事要做的就是一刀下來砍死面前這幾個讓他畫風崩壞的混蛋。她頂著他人詭異的目光，一臉彆扭地按下了手機上的快門。

和神像合照本來就有點犯忌諱了，結果這兩人還各自拿了結婚書約擺拍，特別是廖山月，笑得很開心，大白牙亮得快閃瞎了她的眼。

某種程度上，她算是被偽劣狗糧餵飽了。

「關二爺還管結婚的嗎？」

「啊……我以為結拜才用呢……」

「呵，也不是沒可能啊，你看劉、關、張那關係，親兄弟都沒他們那麼好啊；再看看他們那麼能打，肯定一身肌肉嘛。看看健身房的基佬數量，你再想想劉備怒而興兵打東吳替關二爺報仇，堪稱一怒為紅顏啊嘿嘿嘿。」

「嘶，你這麼一說，我就覺得三國演義處處是基情啊，畫風都不對了。不行，我沒法接受那麼多鬍子的！」

周邊的竊竊私語讓許晴渾身不自在，隨手拍了兩張照就出了廟，而後程敘和廖山月就跟了上去。廖山月還意猶未盡，說要改天斬雞頭、燒黃紙、拍個結婚照掛臥室，結婚照的背景牆要寫上——不求同年同月同日生，但求同年同月同日死。

如果不看詭異到跑偏的畫風，這個婚姻誓詞倒是誠意十足。

看了看時間，差不多也到了接小星回家的時間了，三人決定去把小星接回去。等到了幼稚園，小星還沒下課，但幼稚園裡一個胖乎乎的老師看到許晴三人，眼睛一亮。

「小星媽媽，今天來得很早啊。」老師笑吟吟地說道：「最近忙完了嗎？」

「只是剛好這個階段可以請個假，今天也把事辦完了，就過來了。」許晴笑著點頭，帶著些許歉意說道：「我經常來晚，麻煩你們實在不好意思。」

「哦，哪裡、哪裡。」

「這些天小星乖嗎？」

「哦，乖，小星一直挺乖的，就是最近兩天有點奇怪……」說到這裡，老師有些猶豫，想了想還是說了。「他多了不少怪話，就不知道是不是受人影響，雖然目前無傷大雅，不過畢竟是孩子，最好還是注意一下。」

許晴一愣，她狐疑地看了旁邊的程敘和廖山月一眼，然後問道：「他說什麼了？」

「呃，比如我今天上午上課說，大家要珍惜時間，不要把今天的事拖到明天，就說了個『明日復明日，明日何其多。日日待明日，萬事成蹉跎』的詩，還給小朋友們解釋了下意思。讓小朋友們背，小朋友都背得沒錯。」

許晴點點頭，覺得老師教育得沒錯。

「陳老師教得很好啊。」

「但到了下午，這詩就變樣了。」陳老師面露愁容。「所有人都背成了『明日復明日，明日何其多，既然這麼多，不如再拖拖』。最後一問……小朋友們都說是小星說的。」

「……」許晴的表情變得僵硬。

「……」程敘一臉茫然。

「……」廖山月則在和不遠處的年輕女幼師眉來眼去，沒工夫給回應。

這股濃濃的混蛋味，可以帶壞整個班級的風向，肯定是廖士奇這混蛋沒錯了。

「這個詩確實還是挺好玩的，但就怕一些比較保守的家長不滿意，我們也會很為難。」

許晴紅著臉不斷道歉，趁陳老師不注意，她狠狠刮了一眼廖山月。

廖山月卻是得意洋洋，他只說了一次，結果小星就記住了。他覺得自己很有當老師的天賦，當年不當幼稚園老師簡直就是靈魂工程師界（註3）的損失。

人學好不容易，學歪真的是輕而易舉的事。

不過此刻廖山月只覺得小星頗有學習天賦，再加上有他這樣的師父，耳濡目染，可以繼承他的衣缽，以後考進哈佛的搗蛋學院應該不成問題——如果有這個學院的話。

「陳老師對不起，以後我一定會注意這方面的問題！」許晴再三保證。

而一旁的程敘似乎回過味來了，他終於意識到兒子是被某個混蛋帶壞的，他把頭緩緩轉過去，看著正露出得意傻笑的廖山月。

「你在笑什麼？說給我聽聽。」程敘的聲音在炎熱的天氣裡帶著一股涼意，平靜而低沉。

但廖山月卻覺得內心有個雷達警報瘋狂響個不停，上一次這樣，還是一個女

註3　是史達林用來稱呼作家和其他文化工作者，例如教師的稱呼。

孩在衣服裡塞了個枕頭裝孕婦到自家鬧事後，他看到廖老爺子在吭哧吭哧磨刀的場景。

「你聽我狡辯……啊不是，你聽我解釋哈！」一滴冷汗自額角淌下，廖山月不著痕跡地擦掉，神情嚴肅。「這裡面的原因是很複雜的，飽含我的一片苦心。」

「嗯，你說，我聽著。」程敘看著廖山月的目光幽幽的，如同夜晚被車燈照到的野貓，散發無聲卻嚇人的反光。「你可以慢慢說。」

你不要這麼鍥而不捨啊！放鬆點兄弟！你要給我時間想藉口啊！

廖山月只覺得背脊都有點發涼了，結結巴巴地說道：「這……這個也沒必要那麼急吧，回去慢慢說，這裡不方便講。你看，多浪費大家時間啊……對、對了，小星肚子都要餓了吧！」

廖山月如同看到救星一般，指向了正在登登登朝他們跑來的小星。

「媽媽！」小星一把抱住許晴的大腿，然後躲到她身後去。

他看上去很開心，也許是因為母親已經很久沒有這麼早來接他了。他並不喜歡幼稚園，雖然在幼稚園有不少開心的時候，可他還是喜歡待在家裡。

「小星，你今天是不是調皮了？」許晴把兒子拉出來，她說話的聲音雖然並不嚴厲，但和溫柔沒什麼太大關係。

這模糊的界限沒有引起孩子的警覺，他嘻嘻笑著，用炫耀一般的口吻說道：「明日復明日，明日何其多，既然這麼多，不如再拖拖……」

「小星！」許晴的聲音在此刻終於帶上了情緒。「老師有沒有和你說不許這麼背？為什麼不聽老師的話？」

「……大家都背的……」小星終於反應過來母親的情緒，當下心裡也開始變得恐慌，然後嘴巴兩邊向下一掛，仰著腦袋就「哇」的一聲哭了起來。

中氣十足卻十分突兀的哭聲把在場的人都嚇了一跳，尤其是許晴，她對兒子今天這麼容易哭出來感到不解。畢竟按照以往的情況，孩子不該這麼脆弱才對。

孩子一哭，陳老師也不由得連聲說道：「也不是什麼特別嚴重的事，小星明白了就行，明白了就行。」

說著，她蹲下來，拿出紙巾替小星擦臉、擤鼻涕，細緻而溫柔的語調讓小星停止了哭泣。

見小星的問題總算得到解決，許晴則把今天最重要的目的說出來——也就是由於她要出差，接下來很長時間，都會由程敘和廖山月接孩子。

但出於謹慎，她並沒有提及程敘和廖山月更為複雜的關係，只是告訴陳老師，程敘是孩子的父親。好在程敘和廖山月都不是第一次來幼稚園，陳老師也沒有什麼不放心的。

待出了幼稚園，小星緊緊跟著許晴的腳步，然後上了程敘的車。上車之後，小星僅僅老實了一陣子，又開始在後座上折騰了。後座的椅子如同燒紅的鐵，小星的屁股都不願意挨上，兩隻腳穿著鞋直接踩在椅子上蹦跳著。

許晴本想制止，但看到廖山月很嚴肅地衝她搖搖頭，心中一動，打消了原本想要訓斥的意圖，耐性地輕聲勸說。「小星，坐好，這樣坐車很危險的，剎車來了你站不住的。」

還不等小星做什麼反應，程敘就急急忙忙地插嘴了，一句話說得廖山月忍不住捂臉。

「放心，我開車很穩的，剎車不猛。」

憑實力離婚這件事算是被你認證了啊！

許晴則忍不住翻了個白眼，有心吐槽，但在孩子面前卻不太好說出口。

好在小星這次懂事了，他「哦」了一聲，乖乖坐好。可還沒等許晴高興孩子聽話，就發現小星……又忍不住站起來亂動了。

許晴臉色一沉，正要忍不住警告，就看到旁邊的廖山月一把把小星抱住了，手上很有節奏地撓癢癢，讓小星一邊尖叫著，一邊笑著，身體也掙扎了起來。

「哈哈哈哈哈哈哈哈……啊啊啊！放開！哈哈哈哈哈……」

「哎，你不是想玩玩嗎？有本事你掙開啊！」

「啊哈哈哈哈哈！不要！我不玩！不玩！」

「不玩不行。」廖山月露出大魔王般浮誇的笑容，手上不停。

車裡孩子尖叫著、大笑著、掙扎著，但無論如何，小小的身軀都沒法脫離廖山月的掌控。廖山月的動作十分老練，小星小胳膊小手，不斷掙扎的過程中，竟然除了廖山月，什麼物體都摸不到，撞疼受傷自然更是無從談起。

直到小星笑得越來越喘不過氣，甚至隱隱帶著哭腔的時候，廖山月才停了下來。「還玩不玩了？」

小星大口喘著氣，渾身大汗，連聲說道：「不玩了、不玩了！」

「那要不要乖乖坐好？」

「坐好，哈，哈，哈……哈哈……肯定坐好。」

「坐不好，那我們就再玩玩好不好？」

「啊？」小星頓時有點猶豫。

廖山月見狀，不懷好意地用手在小星身上動了動。「那要不再玩會兒？」

「不要！我坐好！」小星忍不住一個激靈，他算是怕了，在他有限的閱歷裡，從來沒覺得笑是一件這麼可怕的事。

氣固然是有些氣的，可現在他連吵鬧的力氣都沒有，只想癱軟在椅子上好好喘幾口氣。

小星被放到中間的椅子上，癱坐著，然後腦袋歪倒在許晴的腿上。在另一邊的廖山月則脫了自己的外套，披在小星的身上，防止他因為大汗之後，被車裡的空調弄感冒了。

許晴把一切看在眼裡，直到小星不知不覺睡著了，她都沒有說話。

車很快到了家，許晴小心地把熟睡的兒子抱出來。小星哼了兩聲不肯動彈，也許是醒了一下，可睡意依舊滿滿，所以仍然在母親的懷裡熟睡。

「我來吧。」把車停好的程敘主動伸出手，雖然小星年紀還小，但就女性的負擔來說，這絕不是一個可以輕鬆抱著的重量。

「不用，我抱得動，都快到了，你還是先上去開門。」許晴搖頭拒絕。做為單親媽媽，這抱孩子的臂力哪怕不情願也早就已經被練出來了。

「我來吧。」程敘堅持。這種重量的孩子還讓女人抱著，做為一個男人，他覺得不應該——當然他也不否認自己想抱抱兒子的渴望。

許晴猶豫了一下，還是把孩子遞過去。「小心點兒，別吵他，睡著呢。」

回到家後，把迷迷糊糊的小星放到他房間的床上，程敘就發現廖山月已經開始準備晚飯了，同時和在一旁搭手的許晴說著話。

「啊？妳為什麼會覺得小星今天容易哭是一件奇怪的事？」廖山月把番茄丟到了水煮開的鍋裡，當他看到程敘走出門，喊道：「洗手，然後幫我剝個大蒜，哦，再切一塊奶油，麻將塊大小就行。」

程敘雖然不知道他在和許晴說什麼，但聽到兒子的名字，自然上了心，於是拿了個大蒜放砧板上，用刀面壓扁後，便開始剝皮。「你們在說什麼？小星怎麼了？」

「小星今天哭了。」許晴皺眉，面帶些許不悅。「考慮到自尊心，我在外面一般即便是對他說教，也不會太嚴厲，但今天卻這麼容易就哭了，我都沒說幾句。

是不是你們這些天對他太寵溺了？連這些話他都接受不了？」

雖然孩子還小，但許晴顯然十分在意孩子的性格養成，她不希望兒子成為一個脆弱的人。

「啊？小孩子哭，不是很正常的嗎？」程敘茫然地把剝好的大蒜放到小碗裡。

許晴忍不住斜了一眼程敘，她哼了一聲。

「如果只是短時間還好，可接下來如果交到你們手上半年……我不知道他會被你們寵成什麼樣子。」

「不會的，妳放心。」程敘聽到這句話，頓時有些著急。「我會看好孩子的。」

前夫乾巴巴的保證實在沒什麼說服力，惹得許晴一陣煩躁。

廖山月卻有別的想法，他用漏勺撈起燙好的番茄浸泡在冷水中。「所以學姊哦，妳認為是這些天我們對小星太寵溺了，所以他變得脆弱了？」

「難道不是嗎？他好幾次連作業都沒好好地完成。」

「那為什麼學姊沒有因為這件事說些什麼呢？」

「不是你說，最近小星他因為要在這裡住，情緒方面要照顧一些……」說到這裡，許晴停了一下，她若有所思地看著廖山月手中因為冷水的浸泡、被輕易撕開外皮的番茄。在看到果肉的同時，如同重新審視之前從未注意到的真相。「就因為這個？」

廖山月忍不住長嘆一口氣。「看來學姊妳只是知道要注意，沒有想過這是為什麼哦？」

「就是不安啊。」

「所以啊，為什麼不安？」

許晴不假思索地回話。「因為要在陌生的環境裡，不能回家，和你們又不算特別熟悉，不安很正常。」

廖山月不由得失笑。「那妳覺得他如果是和妳一起搬過來的話，還會這麼不安嗎？」

「……」許晴愣住了，竟然一下子接不上話。

「對吧？所以重點就不是在哪，而是妳。」廖山月把程敘擠到一邊，把番茄快速地切成小丁，盛到碗裡，而後開始切牛肉。「這幾天他能和妳在一起的時間比以前少了一些，畢竟是我們在照顧，而且他也知道接下來很長時間是在這裡住了，雖然懵懂，但他自然會很珍惜和妳在一起的時候。」

許晴聽到這裡，突然回想起兒子知道又要被寄宿出去時的表情，不由得心裡一揪。

廖山月又問了一句。「學姊，妳這次是要出去多久啊？」

「不是和你說過嗎？要半年。」

廖山月大搖其頭。「妳這個計算方式不對，那是說給所有人聽的，對個人毫無意義。」

「什麼意思？那你想怎麼算？」

廖山月終於把牛肉切完，然後迅速切了半個洋蔥，手腳俐落得幾乎不比外面的廚師差，倒是讓許晴忍不住側目。「妳有沒有發現，小時候時間過得特別慢，但隨著年齡增長，覺得時間過得越來越快了，一眨眼就過了一年了，一眨眼孩子就會說話了？」

「你到底想說什麼？」許晴口氣開始有了不耐的情緒。別人就算了，但如果是廖士奇，連婚都沒結過，就想來教訓自己，她多少感到不悅。

「小星今年四歲半，不到五歲。前面三年沒什麼記憶能力不算，也就是他有明確記憶開始，其實也就一年半，所以半年對他來講，是他到目前為止人生的三分之一；而半年對妳來說，只是數十分之一的人生體感而已。」

廖山月在這個時候，臉上沒有笑容，透著一股認真勁，平常哈士奇般的不正經在此刻消失無蹤。

「我是個從小就沒媽的人，現在對我來說，小時候很多事不算什麼了，但這只是因為我長大了而已，那些難受的時間一點點被平攤在我的人生裡，嘗起來自然沒那麼苦，甚至很多事也已經忘了。可在當時來講，難受的感覺提升數十倍可不好受。」

從來沒有聽說過的計算方式，稀奇古怪卻有一定的道理，確實是廖山月這個人會想出來的腦洞。只是這個計算方式，一下子把很多曖昧模糊的事變得清晰了。

孩子面對事物的態度自然是脆弱而敏感的，可大多人，也只是籠統地覺得孩子還小不懂事而已，卻從來沒有算過，大人和孩子之間存在巨大的體感差異，這其實是和懂事與否無關的。

僅僅從感覺上說，孩子手裡一個玩具毀滅，對大人來講，恐怕和發現自己沒買火險的房子被燒了時並沒有多大的差別。

許晴臉上的神情開始變得奇怪起來。

廖山月見狀，連忙又補充了一句：「學姊，妳別誤會，我可不是反對妳出去，只是說，這些天，妳盡量別訓他，有什麼問題，我們商量著來。」

「我去陪陪他。」許晴輕聲說了一句，便走進兒子的房間，看著他熟睡時顯得肉嘟嘟的小臉，坐在床邊，漸漸發起了呆。

「她是不是生氣了？」旁邊一直沒插話的程敘見前妻進了兒子房間，才開口問廖山月。

「哼，誰叫她欺負我兒子。」廖山月一仰頭，得意洋洋地說道。

程敘一怔。「怎麼變你兒子了？」

廖山月往鍋裡放了奶油，小火熱開後下了洋蔥，香氣撲鼻間，理所當然地說道：「今天不是剛登記嗎？你還想要撫養權，怎麼能不是我兒子了？」

即便是程敘，也忍不住吐了一口槽。「……你這角色進入得很快啊。」

「是你慢了而已，你再這樣不用心，當心我比你都像爸爸。我跟你說，我從小被我爸一個人帶大，當爹這種事，我成就上限肯定比你高。」

程敘別的還好，但提到這種事，即便是他也不服氣了，他瞪大眼睛對著廖山月說道：「這不可能。」

廖山月發出「嘎嘎」怪笑——

「那你走著瞧！」

第九章　荒誕和過往

三天後，程敘懵了。

因為他聽到自己兒子喊「爸爸」，卻不是喊自己，而是喊廖山月那個沒正形的混球。他驀然有一種糊塗昏君迷迷糊糊間就被佞臣謀朝篡位的感覺。

「他為什麼會叫你爸爸？」

廖山月此刻顯得志得意滿，鼻孔都擴張了些，狠狠地出氣，憋了三天的壞終於被他今天發洩出來了。「幹什麼？兩個爸爸不好啊？小鬼以後在學校裡被欺負，見家長對質，我們兩個一起上，氣勢都很足啊！我對付媽媽，你對付爸爸！」

程敘聞言，消化了很久這個對他三觀有些衝擊的臺詞，他看了看廖山月身上比自己明顯許多的肌肉，憋出一個問題。「……為什麼是我對付爸爸，你對付媽媽？」

廖山月手指作手槍狀懸停在下巴處，露出了哈士奇般的自戀笑容，正經中帶著三分秀逗，擠眉弄眼的。「我把妹多啊，對付女人當然是我上啊！真把我逼急了，你信不信我給欺負小星的同學爸爸送一頂限量版綠帽啊？」

程敘扶額，長嘆道：「……原來你說得對付是這個意思啊。」

「不然你以為打架啊？不好啦，大家都是文明人，而且打女人多難看啊，贏了輸了都丟人。」

說得好有道理，竟然無言以對。

「那怎麼區分啊，這麼喊會搞混的。他叫爸爸，誰答應啊？」程敘提出意見，雖然聽上去很理性，但內心有多洶湧澎湃估計只有他清楚。

「誰在誰答應嘛！」

「兩個都在呢？」

廖山月連連點頭，端著早餐放到小星面前。「有道理，得做個區分啊，否則我們都不知道你叫誰嘛。」

小星茫然地看看程敘，又看看廖山月，然後嘻嘻一笑。「那一個叫爸爸，一個叫二號爸爸。」

「小星很聰明，這主意不錯。」廖山月欣喜地摸了摸小星的腦袋，然後對程敘說道：「那以後你就是二號了。」

那還不如別做區分呢！這種備用品一樣的稱呼是怎麼回事啊！

不知不覺就被降了級，程敘被這句話雷得外焦裡嫩。「怎麼我是二號，我才是他親生父親吧？」

廖山月露出了鄙視的神情，那角度、那表情，渾如一條正在拆電線的哈士奇。「這麼計較？以前沒發現你是這麼小氣的人啊！」

「……一般不對這個有意見的人才比較少吧？」

「是嗎？那你舉個真實案例看看？」

程敘啞口無言。開玩笑，就他們現在異性戀取向的同性婚姻，他不敢說絕對沒有，但也絕不可能多；這些家庭也不會滿大街地喊，就算喊了，恐怕也沒有這方面的問題。

畢竟，親生老爸的地位這麼輕易就沒了，某種程度上也是一件不容易的事。想到這裡，程敘不由得更難堪了。他看著笑嘻嘻的小星，發現這孩子渾然不覺自己幹了一件多荒唐的事，不由得大感挫敗。

「那要不這樣，給你個機會。」廖山月又來了個異想天開的主意。「每個月讓小星評分，兩個人都在的時候，他覺得誰對他好，就喊誰爸爸，另一個就是二號爸爸！小星你看好不好啊？」

小星看著對他擠眉弄眼做搞怪表情的廖山月咯咯直笑，又看到程敘臉上那宛若便祕般的表情，不由得大感有趣，連連點頭。「好啊、好啊！嘿嘿嘿嘿嘿……」

這年頭當爹都要競爭上位了嗎？而且為什麼小星答應得這麼快？我原來這麼沒分量的嗎？

程敘此刻只覺得胸口一悶，終於發現自己被廖山月拐進去了。

而小星雖然因為覺得好玩，口中答應了，但吃著吃著發現，自己親爹的表情好像不太妙。和父親不同，是因為天賦還是因為環境雖然無法判斷，但小星讀懂大人情緒的能力非常好。

「要不要算了啊……」小星一臉憐憫地看著程敘，如同老父親看著自己先天智障的孩子。

「噗！」廖山月很不厚道地笑了。

而程敘正悶悶地接過早餐呢，結果聽到這句話，不知道該高興好還是沮喪好。他不知道這是小星對自己沒信心到什麼地步，但同時，也能感受到小星對自己的善意，或者說憐憫。

廖山月一本正經地胡說八道。「小星，你還小，民選再糟糕，也比終生制好啊！」

小星嘟起嘴巴，嘴唇翹得可以掛個壺。「但是爸爸要哭哭。」

「哈哈哈哈哈哈……」廖山月笑得狂拍大腿，把程敘看得眼角抽搐。「對對對，要不要算了啊，當著孩子的面哭了就不好了啊！」

程敘沉默良久，夾起荷包蛋咬了一口。「來就來，下個月二號你當定了。」

＊　＊　＊

時間不知不覺快來到十月，最炎熱的階段已然結束。但因為氣候問題，也實在說不上涼快，所以孩子的哭聲在此刻就顯得格外讓人煩躁。

許晴在今天下午坐上了飛往澳洲的飛機。

程敘他們並沒有送她到機場，而是在許晴家讓小星和她告別。即便有了一定的心理準備，孩子撕心裂肺的哭喊一度讓許晴的眼眶發紅。

即便是廖山月，也沒有辦法在這種時候用奇思妙想停止孩子的哭泣。面對即將遠離自己的父母，幼崽哭泣和哀號幾乎是刻在所有動物基因裡，最深層次的本能。

畢竟沒有這種本能的動物，大多數都已經滅絕了。

所以直到小星哭了快五分鐘，開始慣性的抽泣，漸漸有一種停不下來趨勢的時候，坐在副駕駛座、抱著孩子的廖山月才拍拍他的背。「等媽媽到了那邊就看看她好不好？」

視訊的功能早就已經普及，小星自然也知道廖山月說的意思，雖然僅靠這種方式依舊無法驅散心中的不情願和不捨，但總比沒有好，於是他點點頭。

「那今天不做作業了好不好？」

「嗚嗚……好……」

「那小星答應爸爸一件事好不好？」

這話一出，旁邊開車的程敘眼角一抽，忍住了說「這個月我才是爸爸，你是二號！」的衝動。

順帶一提，程敘的獲勝，並沒有讓廖山月服氣，他堅持這是上個月程敘買了最新款的遙控賽車，硬生生砸出來的效果，並感嘆人心不古，連小孩都變得那麼現實。

「嗚……什麼啊？」

廖山月抽出紙巾，往小星鼻子上一捏。「輕點兒、輕點兒，慢慢來……」

但小星不管不顧地狠狠用鼻子出氣，頓時感覺鼻子一清，大為清爽，哭疼的腦袋都覺得好了不少。

廖山月用紙巾擦了擦小星的臉。「小星現在哭可以，但等到看媽媽的時候，就不可以哭了哦。媽媽看到會難受的，小星不想媽媽難受吧？」

等回到家，廖山月打開電視，找了一部簡單有趣的動漫電影給他看。走到廚房時，就看到程敘已經在開始忙碌了，廖山月連忙制止。「今天別搞了，我們等下出去吃吧，挑一家小星會喜歡的店。」

程敘解開圍裙，將圍裙掛了回去，問道：「小星還好？」

廖山月沒好氣地說道：「好什麼啊，這個可沒什麼立竿見影的辦法，也就讓他分散分散注意力吧，多給他點兒有趣的東西看看或者玩玩，其實這時候也是初期培養興趣最好的時機。」

程敘聽到這句話，微微一愣。「怎麼說？」

「你發現了嗎，無論多麼精力充沛，人的情感投入是有限的。這世上不存在什麼事業、家庭投入差不多，結果兩邊都做得很好的例子，更多的是兩邊都處理不好的人。」

程敘想了想，有些不太確定地搖頭。「雖然我是沒怎麼注意這個，但我好像還是聽過事業、家庭兩面豐收的例子。」

「就算有人事業、家庭兩面豐收，那在家庭裡付出更多情感的那個人就不可能是他，一定有人要付出犧牲。你婚都離了，別和我說你不知道其中的難度。」廖山月見程敘點點頭，才繼續說道：「這其中固然也有例外，但相當多的人，培養興趣的初衷更多的是為了遠離寂寞和無聊，小星現在的情況正合適，因為學姊要離開很久。」

程敘聽了連連點頭，然後問道：「那你想培養什麼？」

「這種事你就不該問我啊，我雖然很多東西都會一點，但最擅長和最喜歡的是一夜情啊，如果是學習新姿勢……咳，知識……」廖山月面不改色地說出人渣語錄，在程敘警告的眼神裡敗下陣來，乾咳一聲。

「反正怎麼解釋呢……就像我剛才說的，一個人的情緒投入是有限的，他如果什麼都喜歡一點，那其實就是什麼都不喜歡，頂多接受能力強，不討厭而已。」

「但小孩子也學不了多少，你帶他學個入門沒關係吧？」程敘不是很理解廖山月的思路。如果他說小星是否喜歡某一樣東西還值得探討，但廖山月喜歡什麼重要嗎？

廖山月用一種鄙視的眼神看向程敘。「這怎麼能一樣？我教他我自己都不喜歡的東西，那我就是老師；而如果我教他我喜歡的東西，我就可以是同好，明白嗎？兩者的吸引力是不一樣的。外面的補習班，你覺得去報名的學生，是因為補習班老師才去的嗎？不，他們都是因為有一個契機，想學或者被迫學一個東西才去的。小孩子對情緒的感知能力很強的，你把自己都不喜歡的東西硬教給他，他怎麼可能喜歡？」

廖山月想了想自己小時候的經歷，想到了他那痴迷大自然的父親，點點頭。「你說得有點道理，我小時候好像也是因為這樣才喜歡生物標本的。」

「所以不愛看書的父母買一堆書，強迫孩子看書，而自己卻低頭看手機的行為，只會把孩子推得離書本越來越遠。不要教孩子你自己都不信，或者都不喜歡的東西。為人父母，先培養自己，再培養孩子，順序不能亂了。所以興趣這種事，要用拉同好的態度去引導，而不是教導，除非逼不得已，沒人喜歡被教導。」廖山月說著，發現程敘看著自己一直在發愣，頓時有些不自在。「幹什麼？事到如今，你別和我說你性趣變了啊！」

「沒有，你的笑話一點都不好笑。」程敘說完這句，忍不住用手指抬了抬鼻梁上的黑框眼鏡，如同生物學家發現了新物種一般。「只是沒想到，你今天能夠一本正經這麼久啊……」

廖山月一怔，而後彷彿意識到了什麼，突然苦笑一聲。「確實，不太像我。」

「發生什麼事了嗎？」

「沒什麼。」廖山月搖搖頭。「雖然情況不同，但看著小星，多少會有點觸景生情而已。」

「僅僅因為這樣？」

「就這樣。」

程敘皺眉看著廖山月良久，最後才遲疑地點頭說道：「有事說話，我幫你。」

「行了，等小星看完電影，時間也差不多了。這附近有一家店，小星肯定喜歡，一會帶他去。」廖山月拍了拍胸脯，露出雪亮的牙齒。「今天薪水到帳，我請客！」

「這麼大方？」程敘一愣，不過他知道廖山月一向都是月光族，幾乎沒有存錢的習慣，這種操作也正常。「準備吃什麼啊？」

「吃炸雞、喝可樂。」

程敘皺眉。「這不健康吧，沒什麼特殊理由，許晴平常也很少會讓他吃。」

廖山月笑得像隻狐狸。「所以啊，要讓他意識到，媽媽不在也是有好處的。」

程敘表示不信。「他今天情緒不太好，你這樣多少有點強人所難。」

在程敘說完這句話的兩個小時後，他就看到小星坐在椅子上，抓著一隻雞翅，以及一杯肥宅快樂水，吃得油光滿面，甚至連脖子上都出現了反光。

小星剛才哭紅的雙眼早就消腫了，肉肉的腮幫子被肉塞得滿滿的，甚至還有半條雞肉從嘟起的小嘴裡擠出來，隨著咀嚼的動作一動一動的。

「雖然他有食欲讓我放心不少，不過，這也太誇張了吧，比以前還好？」

「應該是剛才《獅子王》裡那些動物吃東西的樣子刺激到他了，你知道，小獅子吃完東西就長大了。」

「吃蟲子？」程敘也是看過迪士尼經典動畫的，所以他的聲音陡然提高了八度。「那東西看了能有食欲？」

小星不會覺醒了什麼不得了的食癖吧？

程敘此刻憂心不已，不過廖山月對此有不同的意見。「說實話，即便是吃蟲子，僅僅憑藉那些吃相，食欲也會起來，牠們吃得太香了。所以你看，牠們吃得香，連帶著小星吃東西也香了，這就是同好的力量。」

程敘一愣。「你想說什麼，直說。」

廖山月猶豫了一下，最終還是一咬牙。「你還喜歡標本嗎？別誤會，我就是上次看到你有用標本教小星完成作業，所以是不是……」

「安心，我沒那麼脆弱。」程敘點點頭，聲音平靜。「如果只是教製作標本的話，沒什麼關係的。」

「我不是說你能不能教，我是問，你還喜歡嗎？」

程敘低頭思考良久，最後茫然抬起頭。「我不知道。」

廖山月撓了撓頭，他對這種不確定的答案也很沒轍。「那你想知道嗎？」

「以前沒考慮過這個問題，不過你今天這麼一問……」程敘此刻面上的神情有些奇怪，似緬懷，似傷感。「有點想。」

看著從小到大的死黨表情，廖山月狠狠地點頭。「那你就教吧。」

程敘一愣。「可你不是說，最好喜歡才……」

廖山月大手一揮，霸氣十足地說道：「你到底喜不喜歡，孩子會用行動告訴你的。反正你這個興趣挺冷門的，失敗了也沒什麼關係嘛！」

待吃完了這頓飯，兩個男人拉著小星的手晃晃悠悠地壓馬路，待小星嚷嚷著要抱抱、走不動的時候，他們才踏上回家的路。

只是還沒等他們進一樓，就在門口愣住了。在昏暗的路燈下，站著一個微胖的老人——是廖老爺子。

二人對視一眼，廖山月說道：「交給我，你什麼都不要透露，打個招呼就行。」

程敘抱著小星的身軀重新穩了穩。「你爸都找到這裡了，你還不用我幫忙？」

「不用。」

程敘很乾脆，點點頭。「好，有事說話，我有責任的，別見外……他看到我們了。」

廖老爺子正向他們走來，臉上帶著笑。「小敘啊，好久不見，我去了這小子工作的地方才知道他搬家了，結果居然是到你這裡住了？沒給你添麻煩吧？哦，這是你兒子？我還真沒見過呢！這眉眼，和你小時候長得真像啊！」

「沒什麼麻煩的，廖叔也是，好久不見。」程敘拍了拍小星的肩膀。「小星，打聲招呼，叫爺爺。」

小星很乖地打了招呼，順便拋了個讓兩人心中一跳的問題。「爺爺好，你是爸爸的爸爸嗎？」

「我要是有這麼爭氣的兒子就好囉！」廖老爺子狠狠地瞪了一眼廖山月，然後笑咪咪地端詳了小星半天，越看越喜歡，忍不住摸了摸小星略顯嬰兒肥的下巴。「真好，真好啊……」

那羨慕的語氣，明顯到都快溢出來了，廖山月卻只覺得頭皮發麻，他連忙拍拍程敘的肩膀。「你先上去，明天還得早起呢，我和我爸單獨聊聊。」

程敘點點頭，而後對廖老爺子說道：「廖叔，有空來，那我就先走了。」

「好，好，有空一定來。」廖老爺子笑咪咪地說著，等程敘抱著孩子的身影進了電梯，驀然狠狠一巴掌拍在廖山月的後腦勺上。「搬家都不和我說聲？打電話也不接，怎麼？現在自己能獨立了，就想上天了啊？」

「靠，老頭你下手這麼重幹麼？」廖山月發出一聲痛呼。自家老爺子打自己從來沒輕沒重，小時候怕打壞了還輕點兒，等到長大了是越打越重。即便此刻廖老爺子頭髮已經花白，功力依舊不減當年。

「重？嫌重你倒是老實點兒啊！嫌我煩，你就老老實實過日子行不行？給你安排的相親對象你到現在都沒去聯繫過！」廖老爺子氣得臉都紅了，要不是天色有點晚了，這裡又不是自家社區，他幾乎想要咆哮以對。「跟我出來！找個地方說！」

這個社區不遠處有個靠河的市民公園，晚上雖然沒什麼人，但臨河的路燈和長椅倒是不少，兩父子來到一張長椅坐下。

「我讓你王阿姨替你安排相親，給了你聯繫方式，現在人家問我你是不是沒收到，連聯繫都沒有！」廖老爺子用恨鐵不成鋼的語氣說道：「那小丫頭的照片我看過，臉蛋好、身材好，大學畢業，工作穩定，脾氣和善，人又孝順。你不要，有的是人要，你……」

廖山月慌忙打斷父親的話。「停停停停，老爸，你看一張照片就知道人家大學畢業、工作穩定、脾氣和善，人也孝順了？你這麼厲害怎麼不去算命啊……哎呀！你幹麼又打我！」

廖老爺子怒視廖山月。「你王阿姨和我說的不行啊！」

廖山月眼睛一亮，露出賤兮兮的笑容說道：「老爸，你和王阿姨是不是……」

然後他看到了廖老爺子舉起的手，把後半句關於人生第二春的建議嚥回了肚子。「開玩笑的，這麼認真幹麼……」

「你再這麼吊兒郎當下去，你覺得還有哪家瞎了眼的女生能看上你？」廖老爺子氣得手都在抖，他眼睛也快紅了。「要不是你是我兒子，我都不忍心把好女人介紹給你呢！」

「老爸，都什麼年代了，你那老思想能不能收一收，現在不結婚的人多著呢！」

廖老爺子懶得和兒子進行這種爭辯，在他看來，什麼東西都不如生孩子有個後代重要。「別人我不管，你必須給我結了！你當我是為了自己啊？還不是為了你，以後你也要老的，不說兒女替你養老，你好歹老了也能有個念想！也有老伴陪你，否則老了孤苦伶仃一個人，跟你老子我一樣，多可憐啊？」

「老爸，我其實已經結婚了。」

「而且啊，人口現在都高齡化了，做人不能那麼自私總想著自己，老打著光棍也給社會添麻煩，還有啊……」廖老爺子滔滔不絕的話突然頓住了，如同吃飯時噎到嗓子，一句話都說不出。他瞠目結舌半晌，結結巴巴地問道：「什……什麼時候的事啊？結……結婚？」

說著，他又勃然大怒，一手拍在廖山月的頭上。「好啊，你現在連這種謊都撒了？哪家結婚連父母親家都沒見過就結的？你真當我老糊塗了是不是。」

廖山月腦袋被拍得嗡嗡作響，他連忙說道：「真結了、真結了！你認識的，都見過面！」

廖老爺子一愣，他撓了撓頭。「這不該啊，要和我們家那麼熟，能看上你？哪家的女孩子這麼想不開？等等，你不會把人家肚子搞大了吧？」

廖山月乾笑道：「沒有、沒有，不可能。」

「你就告訴我，是誰？」廖老爺子不耐煩猜測了，直接開問。

廖山月這時候臉上的笑容消失了，躊躇了一會，才輕聲說道：「程敘。」

「程敘哪家姑娘啊……呃？」廖老爺子的眸子從開頭的欣喜，到茫然，接著是錯愕，最後化為熊熊怒火。「我再給你一次機會，不許開玩笑，你到底結婚了沒?結婚對象是誰?」

廖山月轉過頭，不去看父親滿是怒火的雙眼。「我說了，已經結了，是程敘。」

「你是同性戀?」

「不是。」

「那程敘呢?他兒子都有了，總不該是吧?」

「嗯，也不是。」

「那你們是瘋了啊!?」廖老爺子怒從心起，他一把拽過廖山月，死死盯著對方。「好好的正常日子不過，非得這麼玩?我以為程敘是個可靠的，沒想到跟你一樣不正經!你……你是不是想把我氣死啊!」

廖山月忍著不適，回嘴說道:「讓我結婚的是你，現在結婚了你又不滿意，你還想幹麼啊老爸?」

「你這叫結婚?你結個螺旋屁啊!跟一個男的結婚，那也叫結婚?」

廖山月當然不服廖老爺子的話。「現在同性婚姻都被法律認可了，白紙黑字都寫著，你要不要去看看婚姻法?」

「老子不認可！去他媽的婚姻法！關我屁事！」廖老爺子厲聲說道，他的眼神此刻如同一頭被激怒的獅子，鬚髮皆張，臉色通紅。「而且你們是Gay嗎？你們要真是，老子我自認倒楣，摸摸鼻子認了。可你們不是啊！結來幹什麼？腦子進屎了啊？」

廖山月一把掙脫廖老爺子的手，他從椅子上強行站起，差點把廖老爺子帶倒，這時廖山月也忍不住怒氣了。「是你說不結婚沒保障的，說老了沒人陪！現在我結了！找從小到大的死黨一起過日子有什麼不行？你說沒後代，人家程敘自己有兒子！我把他當兒子養不行嗎？」

廖老爺子也站了起來，聲音漸漸放大，但好在今天人不多，沒有引起注意。「人家那是親父子！就不是你的種！這哪能一樣？」

廖山月冷笑一聲。「不是就不行嗎？哪條法律規定說不行的，你倒是和我說說！」

廖老爺子怒吼了一聲。「不行就是不行！天王老子來了也是不行！這婚你必須給我離了！我老廖家到你這代斷了根怎麼行？」

結果廖山月腦子想都沒想，就跟著爆出一句讓廖老爺子愣住的話。「那你他媽養大我幹麼？我他媽不是個野種嗎！還老廖家，笑死人了，早他媽就斷了，你以為我不知道嗎？」

夜風的聲音在此刻變得無比清晰，廖老爺子甚至感覺到一股涼意，他忍不住退後一步，身體微微顫抖。「你什麼意思？」

廖山月意識到自己一時激動說錯了話，可看到廖老爺子的神情，乾脆硬著頭皮說道：「我媽是AB型，你是B型……但我是O型血。」

廖老爺子如同老了十歲，他沮喪地低下頭，輕聲問道：「……你什麼時候知道的？」

「……國中就知道了。你什麼時候知道的？」

「你媽走了之後，收拾遺物的時候有點懷疑。」廖老爺子低著頭，聲音悶悶的，如同一個犯了錯的孩子。「我開始是不懂什麼血型不血型的，但因為有點懷疑，發現不大對，後來帶你去體檢的時候，就順便驗了驗。你是你媽生的，但不是和我。」

廖山月沉默良久，兩人的氣已經平復下來，但不知為何，氣氛卻比吵架時更不融洽了。「老爸，你別亂想，我是你養大的，我就把你當老子看，至於那個在酒吧的時間比在家裡的時間還多的女人，我就沒把她當媽看。今天話既然說開了，我就老實和你說吧，我不想那個女人的DNA傳下去，我覺得髒。」

廖山月的聲音在此刻顯得冷漠而堅定。

廖老爺子緩緩走到廖山月面前，伸出手，抓住了兒子的手掌，粗糙的觸感讓廖山月心裡發酸，可廖老爺子的話卻讓他失望。

「兒子，算我求你了，你就把婚離了，好好找個女人、生個孩子。你媽是有錯，但跟你沒關係。程敘人是不錯，他兒子也挺可愛的，可……可那到底是人家的兒子呀！」

廖山月掙脫廖老爺子的手，然後抓住了對方的肩膀，抓得死死的，他看著廖老爺子。「老爸，你看著我的眼睛說，我對你來講，是不是也是『人家的兒子』？」

廖老爺子的嘴唇顫抖，說不出話來，只是用前所未有的眼神哀求著廖山月。

第十章 看片和算數

廖山月回到家裡的時候，小星已經上床睡覺了，程敘則在整理之前被小星調皮弄碎的杯子。聽到開門聲，程敘一邊小心翼翼地用溼紙巾捻起地上的碎玻璃，一邊頭也不抬地說道：「當心點兒，不要赤腳進來，靠邊走。」

「嗯。」廖山月應了一聲。

程敘聽到回應後，動作微微一頓，抬起頭來。「我這個人你知道的，和人相處的時候偶爾會讀不懂氣氛，不介意的話，我問你點兒事……別嫌我多事。」

廖山月嗤笑一聲。「除了『偶爾』這兩個字讓我有點意見之外，別的我都贊同，問吧。」

「你現在是不是心情很糟？」

臉上的笑容微微一僵，廖山月不由得摸了摸臉頰。「有這麼明顯嗎？」

程敘拿出吸塵器，打開電源後開始吸地上看不見的碎玻璃。「你剛才和你爸過去的時候我就在想，如果事情順利的話，你回來會是什麼樣的。」

吸塵器嘈雜的聲響出現，讓廖山月原本帶著些許煩躁的心變得更加疲憊。

他看著角落裡碎玻璃顆粒的反光，並沒有提醒程敘，只是蹲下來自己用手指按了一下，把它捻起來。

「想出來了嗎？」
「沒有。」程敘回答完，皺眉說道：「別用手直接來，我會弄乾淨的。」
廖山月應了一聲，卻沒當回事，看著指尖的閃光，突然想起了剛才老人眼睛裡的光，光很黯淡，可確實存在。「那你怎麼知道我心情很糟？」
「我不知道，我只是問問，不過你這麼回答，看來是我猜對了，你是和你爸攤牌了？」
廖山月猶豫了一下，才遲疑地點點頭。「……嗯。」
程敘看他的樣子就知道事情不順利。「需要我和他聊聊嗎？」
廖山月嗤笑一聲。「你覺得這種事聊聊就能解決？」
程敘想了想，發現這件事希望不大。「應該不能吧。」
廖山月粗魯地罵了一句。「那你問個屁！」
「但如果是死刑犯上刑場，一個人應該會更害怕吧，兩個人一起被行刑應該好點兒？」
廖山月仰頭翻了個白眼。「死刑犯？你不如用小鬼頭去尿尿都要結伴做比喻更好。」

「那就試試？」

廖山月都快被氣笑了。「試個鬼啊！我和老爺子吵多少次我都有把握和好，你有嗎？」

程敘說了一句很誠懇、但沒什麼意義的答案。「單方面我肯定是沒問題的，至於你爸願不願意我不知道。」

「所以試個鬼啊！」

程敘聽到這話，便把自己的建議重新收了回去，他沉默著把地上弄乾淨後，輕聲問道：「那你說怎麼辦？」

「涼拌囉。」廖山月走進客廳，如同一灘爛泥一樣躺到沙發上。「哎，要是我和你真是Gay，說不定老頭就沒那麼多意見了。」

廖山月只是隨口說，但程敘卻當真了，他甚至開始分析這件事的可能性。

「以你的性格，如果真有可能的話，肯定早就試了，到現在都不是，就說明真沒可能。」

廖山月哈哈一笑。「不，這方面我還真沒試過。」

程敘沒料到廖山月會這麼回答，他發現自己接不上話。

而廖山月也突然覺得客廳的氣氛變得尷尬了起來。

程敘乾咳一聲。「你這種突然的沉默，讓我有點不安，你不會又要玩什麼歪點子吧？」

「熟歸熟，你這樣亂講話，我一樣告你誹謗啊。」廖山月用力地瞪著程敘，好像真的有點生氣，可隨後就露出了他那顆哈士奇般不安分的心。「要不試試吧？」

程敘皺眉。「這玩意你怎麼試？沒辦法就是沒辦法。」

「呃……」廖山月撓了撓腦袋，然後憋出一個聽上去不太可靠的建議。「不如從性教育開始？」

程敘冷冷地回答：「我記得十三、四歲左右，學校裡就有教……」

「但那時候同性的沒有吧？」

程敘一愣，而後有些不情願地點點頭。「沒有是沒有，但該懂的也都懂吧。」

廖山月哼了一聲。「懂個屁，你看過片啊？」

「……那倒是沒有。」

廖山月略帶興奮地從沙發上坐起來。「我也沒有，正好一起學習。你書房不是有電腦嘛，上網搜一搜資料就有了。」

程敘頓時遲疑了。「這不好吧……」

廖山月大怒，他最討厭的就是這種語氣，好像「不純潔」的人只有他一個一樣。「不好個鬼，小時候看A片你不是看得很起勁嗎？」

程敘哼了一聲。「那是你偷了你爸的光碟片到我家看的，最後被發現時，我親眼看到你爸拿皮帶抽你，你的求饒聲到現在都是音猶在耳……」

廖山月打斷了程敘爆料的行為，他臉上沒有一絲一毫的羞愧，甚至還帶著點正氣凜然。「不要在意那些細節！我就問，我現在要試試，你來不來？」

程敘收拾好吸塵器就準備走人。「那你去試啊，找我幹什麼？」

廖山月一把拉住他。「你不來，我試這個有個毛線意義？光我一個人ＯＫ也沒用啊！」

「有道理。」程敘一愣，然後點點頭，只是神情忍不住有些不自在。「那就試試？」

「對，試試！」廖山月連連點頭。

見廖山月那麼興奮，程敘連忙開口。「喂，咱們這種入門級的，挑點兒口味清淡的吧……」

「總得看上壘的吧？」

「……行吧。」看上去，程敘有些不情願。

進書房之前，程敘特意看了看小星睡著了沒有，在確定他熟睡後，程敘進了書房，便看到廖山月已經上網瀏覽一些兒少不宜的網站了。

聽到程敘小心地關上門，廖山月向他招招手，然後分了一個藍牙耳機給程敘，向螢幕撇了撇嘴。

「看哪部？」

「我哪知道。」

「那就找個收藏數最高的。」

十分鐘後。

廖山月皺眉看著影片，臉上略帶厭惡的表情。「……好像不行啊，看著很彆扭，有點噁心，你呢？」

程敘則神情淡定。「我也沒什麼興趣，不過讓我很驚訝，這活動是你提議的，我本來還有點擔心呢……原來不過如此，你比我想得脆弱多了。」

廖山月一聽，頓時不服氣了。「哈？脆弱？剛才只是我沒準備好，來來來，我們換個進階版的！」

二十分鐘後。

程敘看看螢幕，又看看臉色難看的廖山月。「沒事吧，你的臉色很不好哦……」

廖山月很有氣勢，但毫不真誠地笑了兩聲。「哈，哈哈，我怎麼可能有事！是你不行了吧？」

四十分鐘後……

程敘嘆了口氣。「行了，就當作我輸了好了，反正結果很明顯了嘛，我跟你都沒有這個傾向。」

「你給我說清楚，輸就輸了，什麼叫『當作』你輸了啊……」

那該死的勝負欲，讓廖山月眼睛都快紅了。

不過程敘沒理他，直接關了網站，站起身來開門離開書房，只是在離開之前，那略帶憐憫的眼神，讓廖山月氣得抓狂。

只是在第二天的早上，意外發生了。

小星一臉擔心地看著在抽水馬桶前乾嘔的程敘。

「爸爸怎麼了啊……」

「沒什麼，你爸孕吐了。」廖山月幸災樂禍地說道。

「啊？」小星茫然，完全聽不懂廖山月在說什麼。

程敘並不是沒有反應，而是反應延後了，並且極為強烈；但也再次證明了，對於他們來說，關於性取向的事，恐怕嘗試本身就是一個愚蠢的錯誤。

但廖山月不在乎，他甚至可以發出惡劣的笑聲嘲笑程敘。「你沒有事吧？一點也不『脆弱』的木頭？」

程敘的頭對著馬桶，另一隻手向後胡亂擺，示意某人快滾。

「你今天是不是還有課啊？」

「嘔……咳，在下午。」

「那就行。」廖山月彎下腰拍拍小星的頭。「那二號爸爸送你去幼稚園，讓爸爸休息好不好啊？」

「好，好吧……」小星有點不情願，但還是點點頭。

「小星很乖哦，早上想吃什麼啊？」

＊＊＊

隨著時間流逝，天氣逐漸有了涼意。兩個男人、一個男孩之間的生活磕磕碰碰，比不得許晴的溫柔細緻，但適當的粗糙摔打孩子也並不在乎。他們從來不會因為小星弄髒衣服而責罵，只是相對的，小星的衣服自然也不會有母親在時那般乾淨整潔。因為疏忽，穿著昨晚吃飯時弄髒的衣服去幼稚園更是常有的事。

小星確實比想像中還要乖，但也比想像中淘氣。這兩個形容詞沒有矛盾，孩童和成年人的腦回路實在差距太大，那天馬行空的思維也就廖山月跟得上。

廖山月買了一堆小孩子的便宜貨衣服，這些衣服是專門帶小星休息日出去玩時穿的，他對這些衣服的要求只有三個，耐髒，耐髒，還是耐髒。

這種要求的收穫就是哪怕小星在泥地裡滾來滾去，廖山月都不會在意，實在不行，丟了就是，反正便宜；再加上孩子是長個子的時候，衣服本來就穿不久，所以算了一筆帳給程敘看之後，程敘也舉起雙手同意了。

到了許晴離開的第三個月，一場席捲全人類的疫情爆發了。前所未見的病毒以一種可怕的速度在全世界蔓延，所以謹慎起見，他們雖然還是會帶小星出去玩，但會盡量避開人群聚集的地方——比如遊樂園。

這也因此造成了兩個大男人這麼長時間以來第一次對孩子食言，這讓小星很不滿意，他大聲哭鬧，不肯罷休。

「今天是許晴檢驗我們教學成果的一天，他這個狀態不行……」程敘顯得憂心忡忡，曾經在家裡被妻子掌控的經驗讓他久違地感受到壓力。

廖山月用手肘頂了頂程敘。「那要不，今天稍微給錢包放點兒血吧……」

「幹什麼？」程敘有些警惕，他不知道面前的傢伙又準備動什麼歪腦筋。

「帶他去逛街。」

程敘皺眉。「不是說了盡量不去人多的地方嗎？」

廖山月拍拍程敘的肩。「總比遊樂園好吧？而且為了今天，小星他這一個禮拜乖得一塌糊塗，半分犒賞都沒有的話……對吧？說不過去的。」

「可孩子對逛街怎麼會有興趣？成年女性喜歡逛街的倒是比較多。」

廖山月翻了個白眼。「你讓成年女性去逛玩具街，你看她們還會有興趣嗎？」

「有道理。所以你的意思是，要陪他逛街買玩具？可有玩具街嗎？」

「沒有也沒關係，只逛賣玩具的商場就好了，別的地方不去，那些地方的人應該不會太多，所以你頂不頂得住？我先和你說，快月底了，我錢包瘦得可以進難民營了。」廖山月嘆了口氣，一股毫不掩飾的混蛋味撲面而來。「自從住過來，我開房間的開銷一下子就大了……」

程敘自動無視廖山月的後半句。「偶爾一次肯定沒關係……」

廖山月頓時激動了。「你是說我可以帶人回家過夜？」

「不，我是說可以偶爾多買一些玩具。」程敘無情地澆滅了廖山月的希望之火。「吃完午飯就出發。」

得到消息的小星轉悲為喜，甚至有了一種「不能去遊樂園真好」的想法，畢竟遊樂園只能玩一天，可玩具是可以玩一輩子的。

在幾年後，他會認識到這個想法就是個徹頭徹尾的錯誤；可當前，小星只覺得人生的大悲大喜實在太厲害了。

於是他對著廖山月脫口出一句讓程敘肩膀猛地一沉的話。

「爸爸真好！」

「意外的現實啊……」廖山月感嘆道：「比我認識的妞還現實。」

「這是成熟！」很顯然，程敘不喜歡廖山月的形容。

廖山月仰天大笑。「你的掙扎很難看啊，二號爸爸！」

＊＊＊

「這裡的早餐還是老樣子，料下得很實在啊……」廖老爺子咬了一口肉包，湯匙無意識地攪動小碗裡的小餛飩，瞥了眼包子裡的肉餡，一邊咀嚼，一邊含糊地說道：「要是你哪一天不做了，我都不知道我該上哪吃早飯去。」

賣早餐的是一個流動的推車攤，滿是刮痕的車身，掛在上方的門簾帶著陳年汗漬留下的深色印記，鏽跡斑斑的灶臺，水氣化為空氣中的白霧。

透過白霧，頭髮已然花白的陳老闆笑了笑。「我做了這麼多年路邊攤，也就你說我手藝好，可我自己都覺得另外新開的幾家餐館好吃，偶爾還會去吃呢。」

「都是些華而不實的料理包啦，小年輕不懂，他們以後吃一段時間就膩了，哪有你這種貨真價實，東西是真的，手藝也是真的，人也是真的。在現在這種連鈔票都和摻了假似地、不如以前禁得起花的年月，真的東西還剩多少啊，不多了，真不多了……」廖老爺子嘆了口氣。「我就想著，你這裡的早餐啊，我能吃到死就好了。」

陳老闆聽得胸口一陣溫暖，連最近一直折磨他的腰椎都好像好了一些。他笑道：「你這話說得真給面子啊，我都想給你免費了。」

廖老爺子剛吃了個小餛飩，正因為燙口而倒吸著氣，聽到這話連連擺手，好一會才把餛飩嚥下。「別別別，你這一免，剛才誇你的話可就不值錢了。」「哎，也就你這麼覺得了，連我兒子都看不上我這鋪子。我從我爸那邊接下這鋪子，沒想到才第二代就後繼無人了……也是，做這種苦行當，哪有做金融賺錢。」

後繼無人？

廖老爺子聽到這句話微微一怔，嘴裡的食物一下子便沒了味道。他低著頭，想著那天晚上和兒子的對話。

當時他被兒子的問題逼得連話都說不俐落了，到最後只能唸叨著「不一樣」之類的詞來含糊以對。在不歡而散後，他也知道，他的回答連自己都騙不過去，那個僅憑小聰明就上了大學的兒子，恐怕更不會信。

可這要怎麼說？我養別人的兒子可以，你就不行？

而且比起這件事，廖老爺子也明白了，自己永遠錯過了一次機會。他不僅失去了廖山月的信任，這輩子找回這種信任的可能，也已經微乎其微。

這三個月，他和兒子再也沒有聯繫過，因為他不知道該怎麼開口。

他們沒有血緣關係這件事，不僅自己沒說，廖山月也沒說。

自己為什麼沒說？他自然怕廖山月接受不了這件事，可廖山月知道了，卻也裝作不知道，理由是什麼……也很容易猜。

他在等自己這個老頭子說，他希望可以得到自己的信任，他希望得到一句「你不是我親兒子，但沒關係，反正我還是你老子」。

可廖山月等了十多年，卻終究沒有等到，越等越是失望，越等……越是對已經去世的母親充滿怨恨，自然也就越不想結婚、生孩子。

甚至在昨天，因為自己的逼迫，他等不下去了。用謊言維持的關係，終究還是裂了縫。

「這臭小子把這窗戶紙捅破的時候，該有多失望啊……」廖老爺子喃喃自語著，然後放下包子，狠狠抽了自己一巴掌。

「啪！」

正在忙碌的陳老闆一抬頭，就看到廖老爺子臉上那紅紅的巴掌印，他嚇了一跳。「老廖，你沒事吧？」

廖老爺子乾咳一聲。「沒事，蚊子。」

陳老闆狐疑地看著他，而後似乎明白了什麼，隨即開口：「……老廖。」

「啊？」

「我現在覺得，做人這種事，其實除了吃喝拉撒睡，沒什麼重要的。想得開，一切都好。」

廖老爺子嗤笑了一聲。「……那想不開呢？」

「想不開啊，那就跟我兒子那樣，搞錢啊。他嘛，就是想不開，瞧不上我這個擺攤的生意，大學都沒考上，還想做金融，聽著好像很厲害，其實還真未必有我賣早餐踏實。」

廖老爺子搖搖頭。「可惜了，我記得他以前上學時幫你工作還挺勤快的，女兒呢？也不做哦？」

「現在的小女生哪還願意幹這個啊……」陳老闆一臉苦澀，似乎也對自己一雙兒女無法繼承家業而感到遺憾。「我也覺得可惜啊，明明這攤子上的他都會了。不過嘛，他說，他不想和我一樣六十幾歲還在這裡擺攤，想要多賺點兒，有點保障。」

廖老爺子好奇地問道：「比你擺攤多賺很多哦？」

陳老闆露出得意的笑容。「這些年確實比我賺得多多了。」

廖老爺子看著陳老闆捶打後腰的動作，猶豫了下還是忍不住問道：「那你還在這裡擺攤，不回去享福啊？我記得你兒女對你不錯啊，不會不管你的……」

陳老闆搖搖頭。「以前年輕不懂事，沾了賭，現在老婆也走了，回到家裡只有我一個，我怕閒下來，又沾上；況且，多賺點兒，也算是個保障嘛。我兒子雖然這些年賺得還可以，靠自己貸款買了套房，但那樣賺來的錢啊，總覺得賺得不踏實，我得替他攢點兒，他沒要孩子，有點保障總是好的。」

確實，如果沒孩子，人總得要有點保障啊……否則老了怎麼辦？

廖老爺子想起了沒法讓人省心的廖山月，也變得愁眉苦臉起來。

他不是第一次對這個世界感受到陌生，他活了大半輩子了，到現在還不明白金融這行業到底能幹什麼。這個行業明明不製造任何一個產品，卻賺了許多腳踏實地的行業根本賺不到的錢。

做為在工廠裡幹了一輩子的傳統男人，他有著自己的驕傲，但時不時也會羨慕那些打幾個電話、電腦上操作兩下就能賺自己幾年收入的人。

做為一個除了定期存款，還有基礎社會保險之外什麼都不買的人，他現在對這個行業帶著些許好奇和嚮往——雖然以前他是最瞧不起這個行業的。

「都買房子了啊，金融最近這些年真的這麼賺錢哦？」

「不知道啊，不過好像我兒子買賣石油之類的期貨賺了不少，說是用什麼槓桿，一下子能翻好幾番呢。你說說，這來錢這麼容易，他怎麼願意來我這裡嘛。」

「石油啊……」

廖老爺子喃喃自語，眼神飄忽著。

＊ ＊ ＊

滿載而歸的小星走在最前面，程敘在他身後拎著大包小包，而廖山月走在小星的斜後方，偏向外側，以防小星走到馬路上。

原本以為今天會花費一整天的時間，畢竟以前把小星帶出去，都是玩到晚上才回家的。但今天小星卻提議提早回去——他迫不及待地想拆玩具包裝了。

這倒是省事了，原本程敘還在想該怎麼提前回家，他還想在晚上和許晴視訊之前，讓小星做個練習題熱熱身。

但回到家後，他的這個提議被廖山月否決了——

「玩具買回來了，你確定不讓他玩一會，直接學習？拜託，沒心思的。」

程敘顯得憂心忡忡。「你總不能讓他直接上吧？」

「安啦，對我有點信心啊，沒問題的。」說到這裡，廖山月頓了頓。「與其擔心他的數學計算能力，不如讓他有個好心情來面對許晴的測試。」

買了一堆新玩具，看得出小星的心情非常好。看著小星一邊玩，一邊嘴裡發出各種音效，程敘也忍不住心裡一軟。

也是，有個好心情，超水準發揮的機率說不定也高點……程敘心裡沒什麼底地想著。

只是意外和明天，你不知道哪個先來。

這句話其實並不完全的，意外每天都會來，就和明天一樣。只是很多意外在當事人看來並不重要，就算來了，大多數情況下也只是影響非常微小的一部分。

而由於澳洲關於簽證政策的轉變，許晴沒有辦法兌現半年後回來的約定；但另一個約定，是離開前就說好的。

小星的情緒肉眼可見地低落下來了，但他沒有鬧，只是臉上的失望體現得很清晰，讓許晴有些糾結。

小星可憐巴巴地問道：「那媽媽，妳要什麼時候回來啊……」

「現在還不知道，不過小星聽話的話，媽媽還是會盡量快點回來的。」

這句話讓廖山月眉間皺了一下，但他沒有說話。

而後，許晴迅速把話題帶入了下一個階段。「小星啊，一百以內你會算了嗎？」

「會了的話，算聽話嗎？」小星心心念念想讓母親趕快回來。

「當然算。」

「那我會啦。」

「那媽媽考考你？」

小星轉過頭看了一眼廖山月，廖山月對他豎了個大拇指。「給你媽媽見識見識什麼叫數學天才！」

小星聞言，挺著小胸脯對許晴很有氣勢地點點頭，大有「放馬過來」的感覺。

「二十四加三十七等於？」

小星在早已準備好的紙上迅速打了草稿，而後說道：「六十一！」

速度比想像中的快，視訊中的許晴滿意地點點頭。「七十五加十四等於？」

「八十九！」

這次小星甚至連草稿都沒打，眼珠子轉了幾下就算出來了。

「很厲害啊……」許晴神情有些狐疑，她看著螢幕裡的另外兩個男人。「怎麼回事？明明前段時間還沒那麼熟練的。」

就算把孩子交出去了，許晴還是會時不時地確定一下小星的學習進度。兩個禮拜前她試過，但成績很不理想，算錯了至少一半的題目，當時她甚至大發雷霆，小星嚎啕大哭，而兩個爸爸噤若寒蟬，一句話都不敢反駁。

「唔，可能開竅了吧。」程敘低下頭，似乎有些心虛。

廖山月則一臉得意。「開竅，那也得跟對老師啊。兩個禮拜前開始，就是我來教小星數學了，厲害吧？」

「你說以前在幼稚園工作過，我還以為你只是對女幼師……」許晴話說了一半，突然意識到小星也在，便強行把後半句嚥回去，而後她把目光轉向程敘。「你不是在大學教書嗎？怎麼連他都不如？」

廖山月瞪大眼睛，他此刻如同是被被宋朝文官集體鄙視的武將狄青，充滿憋屈和不服。「喂，妳這個『連他都不如』是不是有點多餘！」

程敘則想嘆一口氣：這問題我也想知道。

他最近特別買了一堆育兒類的書籍，好好學習一番，但最終結果卻不如人意。論對孩子的上心程度，他相信自己絕對在那個只知道玩的廖士奇之上，但很多事……真的挺講天賦的——哪怕是帶孩子。

但這傢伙天賦也太多了吧，感覺什麼都幹過……

看著在一邊又開始鼻孔朝天、得意到浮誇的廖山月，程敘只覺得老天爺實在不公平。

從上個禮拜，小星就已經得知了母親要延後回來，雖然失落了幾天，但到底不是許晴剛離開時那樣的情況，情緒波動有，但說不上大。

「現在雖然還能去幼稚園，但情況不太妙，看情況會暫時考慮讓小星先別去幼稚園。」

「那有人能照顧他嗎？」

「我可以，健身房是封閉空間，運動時也不能戴口罩，所以現在很多學員都暫時不來了。」

「你？」

「我讓他今天通過妳的考試了哦，給點兒信任啦！」

待視訊結束，小星小跑進了自己的房間，迫不及待去拆封新買的假面超人玩具——這是通過考試的獎勵和放鬆。

而廖山月和程敘則留在書房，程敘正冷冷地瞪著廖山月。

「結果不是挺好的嘛！」廖山月完全不怕程敘此刻充滿不悅的神情。「不按照我的法子，他今天肯定過不了的。你試了那麼久，還不如我這兩個禮拜的一發入魂。」

程敘固執地搖搖頭。「不許再用這種法子了，他還小，學壞怎麼辦？反正這種程度的計算遲早能會的。」

廖山月頓時不服氣了。「哪有學壞，我又沒作弊！況且學壞？那你看我『壞』了沒？」

程敘推推眼鏡，他的語氣帶了一絲疑惑。「從你對女性的態度來看，我認為從當前社會的道德標準，你是一個標準的『渣男』，渣到一絲雜質都沒有的那種，你為什麼會有勇氣問你到底『壞不壞』的問題？」

「偏見！你這是偏見！」廖山月嚷嚷著。「我們都只是純潔的肉體關係！金錢和感情都無法介入的那種！連開房間都是ＡＡ制！」

程敘面部微微抽搐了一下，憋出一句。「……你要不要聽聽你在講什麼鬼東西？」

廖山月一怔，而後疑惑地問道：「我說得不對嗎？」

程敘拋卻主觀上的情感好惡，以及傳統道德上的立場，試著在邏輯上找出廖山月的問題，但最終驚訝地發現，竟然確實沒什麼問題。

於是他決定不講道理。「總之不行，以後不可以這樣。」

「為什麼？這是為了學習！」廖山月如同古代藩王扯了個「清君側」的大義

旗幟，試圖挑戰程敘的家庭主導地位。

程敘額角青筋忍不住爆起，他開始覺得頭疼了。「那也不能教小星划酒拳，他五歲都不到！」

小星之所以熟練了數學計算方式，純粹是走非主流路線。如果不是某個腦回路迴異於常人的人形哈士奇，八成也不會想到這種離譜的方式。

其實一百以內的計算方式，小星在之前就已經掌握，但因為對計算方式的不熟練，導致錯誤率高；而錯誤率一高，他就更加排斥，反而陷入了惡性循環。而划酒拳，因為本來就是模仿大人的遊戲，孩子本身不太會排斥，廖山月只需要放放水，小星對於數學的計算自然就會熟練起來。

只是當程敘有一天回家，發現一大一小兩個人，一個人捧了杯啤酒，另一個人抱了個奶瓶，高喊著「哥倆好呀～三星照呀～四喜財呀～五魁首呀～」的時候，內心深處都快出現殺人欲望了，恨不得把廖士奇這混蛋當場燉了。

不能怪程敘，那個畫面實在是太崩壞了。

可在程敘付諸行動之前，求生欲滿滿的廖山月讓小星做數學題，而後，孩子的計算速度讓程敘震驚。在保證正確率的情況下，二十以內的加減法題目速度比之前快了一倍以上。

在逼近許晴視訊考試的情況下，程敘只好一邊唸叨著罪過，一邊昧著良心裝聾作啞。但既然這一關過了，他自然不會允許廖山月再這麼亂來了。

廖山月很不服氣，程敘在他眼中並不是古板的人，可一旦牽涉到小星，膽子一下子就小了很多。「我喝啤酒，他喝牛奶能有什麼問題啊？難道還真能學釋小龍打一套醉奶拳發酒瘋給我看啊？」

程敘固執地搖頭。「反正不行就是不行。」

廖山月罵道：「老古板，死木頭。」

程敘一挑眉。「你說什麼？」

「怕你啊？」廖山月對程敘豎起中指。「老古板，死木頭！」

程敘站起來，冷哼一聲。「我懶得跟你吵架……哈士奇。」

「你說不吵還罵我！」看著程敘走出去的背影，廖山月也跟了出去。

第十一章 深淵和痛苦

「嗯嗯嗯，我有看到，我有看到，我知道我賺了，但沒你那時候說的賺得那麼多嘛……」坐在家裡的沙發上，廖老爺子滿臉笑容。

電話的另一頭，恭敬的聲音傳了過來。「對，如之前所說，盈利率有所波動也是正常的。當初和廖老先生您說過，因為我們這個是屬於穩健型基金，比較適合您這樣投資入門級的客戶，對資金的數額要求也不高。不過您的眼光非常好，石油確實是一個非常值得投資的大宗產品，現在世界根本就離不開石油。」

聽到電話那頭的欽佩，廖老爺子忍不住有點飄飄然，他突然理解了當年為什麼那麼多人想做金融了。「嗯，還有沒有別的關於石油的東西？」

電話那頭的男人聽到這句話，滿是遺憾地說道：「雖然也有其他更高回報率的產品，但那個必須要有一定資格才可以購買。廖老先生您的話，非常抱歉，您投資的履歷比較淺，公司並不讓我們向新手客戶賣進階的產品，就我個人而言，只能說對不起您的投資眼光了。」

廖老爺子一聽，滿是失望。「這樣啊，不能想想辦法嗎？」

「嗯……」電話那頭傳來了遲疑的口吻。「這個難度其實有點大的，按照規定，原則上我是不可以把那些產品推薦給您的，畢竟這樣對其他的顧客不公平。」

原則上不可以，那就是可以的意思嘛！

做為一個六十多歲並且頭腦清醒的老人，自然能夠聽出電話那頭的動搖，於是廖老爺子又是一頓拍胸保證，說自己絕不會給他惹麻煩，要求對方拿出更有價值的產品。

「廖老先生，不是我不想做生意，主要也不光是您投資資歷的問題，還有資金的門檻，這對老年人來說，還是有點痛感的。」

「哎，我買不買得起是一回事，你賣不賣是另一回事，你就給個準話，我如果能拿出錢來，這筆生意你做不做？做男人乾脆點兒！」

「那既然這樣，我下午請您喝個茶吧，具體怎麼樣，到時候再說，您看如何？」

「別下午了，就現在吧，你有空的話就出來。」廖老爺子顯得雷厲風行。「我今天會在上次的茶館裡坐一下午，你來的時候叫我就行。」

而廖老爺子在下午一點到了茶館的時候，卻發現自己要見的人竟然已經在茶館裡坐著了，他面露詫異地走過去。「你竟然比我早到啊，等多久了啊？」

男人約莫四十歲，穿著深藍色的西裝，梳著大背頭，髮蠟似乎抹得太多了，所以頭髮亮得出奇。他看到廖老爺子來了，連忙站起身。「沒有、沒有，我也才剛到不久，才坐下呢。」

茶館的女服務生走過來，替男人喝到底的茶杯裡續了茶，而後向廖老爺子問道：「請問需要什麼？」

茶館的老闆是一名四十多歲的李姓女子，她從母親的手上繼承了這間茶館，對店裡的老客戶都很熟悉。看到廖老爺子時，她本來想打個招呼，但發現廖老爺子似乎在談事情，便沒有上前，而是轉頭招呼人送一小碟鳳梨酥過去。

在看到廖老爺子見到東西後，詫異地轉過頭看向自己，李女士微微一笑。廖老爺子也點點頭，示意承情占了便宜。

送完東西的服務生回到李女士身邊，感嘆道：「媽妳真大方，那個老爺子每次就是點一杯茶而已，隔三差五地送東西，不怕賺不到錢哦？」

「妳走在大街上，會喜歡進那種一個客人都沒有的店嗎？有些經常來的老顧客，時常給點兒情面，他才會更常來。」李女士面對女兒的問題，恍惚間似乎看到了曾經的自己。「『人氣即財氣』，妳外婆以前就這麼教育我的哦……」

「就算妳這麼說，我也不會繼承這間店的啦，裴濆老土死了，偶爾寒暑假幫妳打打工倒是沒問題。」女服務生俏皮地吐吐舌頭。「除非妳同意我把茶館改成貓咪咖啡屋。」

李女士啞然失笑，雖然內心覺得有些遺憾，但她也不是那種上個世紀的老古板，只是看著女兒還略顯稚嫩的臉頰，忍不住扭了她的嫩臉一下來洩憤。

「哎呀，痛欸，媽妳幹麼？」

「妳只是臉痛而已，這家店可是失去了繼承人啊……」

「媽妳這個句式頗像『妳只是失去了腿而已，她可是失去了愛情啊』的混蛋臺詞。」

「這臺詞有點耳熟……」

「除了不食人間煙火的瓊瑤奶奶，誰還能寫出這麼喪心病狂的句子啊……」女服務生瘋狂吐槽自己母親曾經的品味。「我還記得小時候妳追那些劇追得好瘋狂，一把鼻涕、一把淚的。」

母女倆聊著天，時間過得很快，大約過了四十分鐘，就看到那個梳著大背頭的男人過來結帳，只留著神情陷入猶豫和掙扎的廖老爺子坐在原來的位置上。

男人結完帳後，轉頭對廖老爺子說道：「那三個方案時間截止都是到下個禮拜五，如果做了決定，請在那之前和我說哦……」

廖老爺子心不在焉地點點頭。「嗯，我再考慮考慮……考慮考慮……」

待男子走後快半個多小時，廖老爺子走到前臺。「多少？」

「老爺子，單已經買過了。」李女士提醒道，見廖老爺子如夢初醒，問道：「是有什麼事嗎？」

「沒什麼事。」廖老爺子笑了笑，又看了看不遠處忙碌的女服務生。「小夏長得真快啊，看這勤快勁，妳以後有福氣了哦……」

「再勤快也指望不上什麼了，她現在就不想要這家店。」

廖老爺子覺得有點可惜，不過也能理解，年輕人裡畢竟喜歡趕潮流的居多。

「嗯，現在年輕人也不喜歡這種地方，沒辦法。不過妳這裡生意挺穩定，以後要她自己闖社會，妳還是得多操操心。」

李女士則擺擺手，表示自己懶得費那工夫。「兒孫自有兒孫福，以後就看她自己了。幸好還算乖，正常過日子，只要以後別遇人不淑，生活保障總是沒問題的。」

廖老爺子一聽，連連點頭。「也對，妳家這個省心多了。」

「男孩子嘛，懂事慢正常，結了婚就好了。」李女士安慰道。

廖老爺子聽到這句話，臉上神情微微一僵，只是搖搖頭。「哪怕是結了婚，沒孩子也一樣讓人放心不下啊……」

李女士一愣。「結婚了？」

廖老爺子沉默了一會，搖搖頭。「下回見，走了。」

＊　＊　＊

疫情在時間的流逝中越演越烈，所有人都感受到了不尋常，歷史上從未有過如此大規模的瘟疫，死亡人數和感染人數每天都攀上新的高峰。小星的幼稚園也已經暫停營業，從事健身教練的廖山月乾脆辭掉了半失業狀態的工作，開始接一些可以在家完成的散活，從網編到網店客服，以及最重要的……在家帶孩子。

對於家庭來說，除了大學以上，自高中以下的所有學校和培訓機構，最重要的並不是可以讓孩子們能學到什麼，而是如何能讓監護人放心地去工作。脫離男耕女織的傳統，勞動力得到充分解放後，讓一個人管一個家庭裡的孩子，直接減少了一半的收入，也讓社會少了一個黃金期的勞動力，實在是一種浪費。

這也是為何世界上落後地區的孩子們無法上學的根本原因之一，因為沒有足夠的工作職位和收入，是沒有資格談論義務教育的。並不是孩子們的父母沒有遠見，而是他們必須活在當下。

所以，比起帶孩子，有什麼能比幼稚園或者學校更高效率呢？

「喂？弄得到口罩嗎？沒想賺錢啦，我才不賺那個缺德錢呢，我是想給家裡囤一點，萬一後面越來越難買，你說是吧，只是自用的。」戴著耳機打電話的廖山月正拿拖把拖地，小星則坐在客廳沙發上看著動畫。「OK，有消息記得回我，給我留幾個。」

「剛才說好的，小星看完這個，要回房間做作業哦。」掛了電話後，看到電視上動畫片尾曲的出現，廖山月把手一伸。「剛才說好的。」

「啊，再過一會啊……」對於孩子來說，信守承諾這種事一文不值，但好在也知道自己的要求不怎麼合理，所以聲音顯得小小的。

廖山月看著不情願的小星。「那老規矩，你贏了就再給你十五分鐘好不好？」

「好！」

「那這次不可以再耍賴了哦？」

「好！」

「預備～」

「一條龍呀～哥倆好呀～三星照呀～四喜財呀～」

「啊！」小星懊惱地抱住腦袋，而廖山月則笑嘻嘻地收回手。

哄孩子未必聽話，但如果讓孩子模仿大人，往往會事半功倍，比如「認賭服輸」這種在影視上明顯是正面角色的品質。

看著小星乖乖地回自己房間，廖山月就準備把電視關了，手剛拿起遙控器，卻被新聞吸引住了，只聽裡面的女主播用驚嘆的語氣說道——

「……前所未見的疫情影響，也出現了我們從未見過的歷史怪象。當地時間二十日，美國西德州輕質原油價格已經跌至負三十七點六三美元每桶，這代表著現在如果有人能夠接收這些物資，他不僅不用付錢就能夠得到原油，還將得到每桶三十七點六三美元的收益，簡直讓人看傻眼……」

我靠，是這世界瘋了還是我瘋了，人家送我石油，還得給我錢？

廖山月向來對稀奇古怪的事情感興趣，乾脆就把這則新聞看了下去。

「其實這並不難理解，很多人都有一個誤區，把原油和我們平常使用的汽油混淆，其實原油送到煉油廠變成汽油流入到市場，是需要製作成本還有運輸成本的。

「在疫情的大環境下，市場萎縮，全世界的需求突然緊縮，石油的產出逐漸過剩，偏偏因為油井在打開後已經不能隨意關上了，那麼大家只能眼睜睜地看著原油逐漸變多，卻沒有多餘的地方可以存放，並且存儲原油的條件也十分苛刻，所以短期內，原油的價格的確會受到衝擊；但這應該只是短期情況，市場會自我調節，這種荒誕的情況並不會長久地持續下去。」

廖山月咂咂嘴，一臉可惜。「我要是在那就好了，我能把自己的房子都讓出來給你們騰地方，熬過這一段時間就發了。」

＊　＊　＊

廖老爺子用顫抖的手第十二次撥打了那個號碼，但傳來的依舊是對方已關機的提醒。

完了，全完了。

不僅僅是他，大樓裡已經一片狼藉，除了一個前臺小妹，主管級的職員竟然一個都不在，整個大廳裡已經亂成一團。

哭喊聲、怒吼聲，甚至還有打架的聲音交雜在一起。

他在幾個月前，買了一份新型金融期貨保險產品，名字叫做「原油寶」。這份金融商品的門檻十分高，起步的價格就已經超過了三百萬，但在投保期間，他也能享受意外險和重大疾病險的保障，以及各種商品的優惠福利，平均年利率高達百分之二十，同時也能保證至少百分之七十的本金賠付。

但一切的一切在國際原油價格跌成了負數之後，廖老爺子就意識到了不對勁，損失慘痛之下只想去保險公司追回本金。

可眼前的一幕等於是在告訴他，公司的主管們已經跑路了。一問之下才知道，因為操作不當和判斷錯誤，公司所有的原油期貨幾乎都爆倉了。

人都找不著的情況下，別說百分之七十，他一毛都要不到；但最最要命的是，廖老爺子為了湊足夠的錢，他把自己的房子做了抵押貸款。

「這跟說好的不一樣啊……」

廖老爺子拖動著幾乎抬不起來的腳，喃喃自語著前進。寒冬已經離去，春風帶著暖意吹在了廖老爺子的背上，他卻覺得四肢發冷。他目光發直，面色蒼白，拿著手機的手止不住的顫抖。

他走在大街上，逆著人潮，避也不避，一個年輕人撞到了他，讓他一個踉蹌，差點沒摔倒在地。

「走路看路啊！不長眼？」撞到他的是一個年輕人，不悅地罵了一句後便逕自離去。

而廖老爺子則置若罔聞，他頭都沒有回，神情木然地朝前走著，只覺得人生裡那些已經模糊的記憶在這一刻變得清晰起來。

那些記憶的畫面很模糊，但唯獨聲音在腦海裡振聾發聵——

那個女人歇斯底里的聲音又響了起來，她的嗓子變得尖利而沙啞，再無婚前的溫柔和體貼。

「你少管我！不爽離婚啊！」

「廖先生，很遺憾，根據檢查結果，那孩子並不是您的親子。」

他還記得那個醫生很同情地拍了拍自己的肩膀，他甚至現在還記得那隻手拍在肩膀上時的觸感。

還有公事公辦，沒有半點憐憫，同時還把他當作犯人看待的警察先生。

「廖先生，很遺憾，因為您的妻子吸食的量很大，被發現的時候也晚了，所以沒有救回來，可以請您跟我去一趟警察局配合調查嗎？」

這些聲音他都記得，只是不知道什麼時候他已經做到可以將其遺忘了。然而今天不知道為何，他又想了起來，明明今天的事和這些毫無關係。

直到下一刻，記憶裡的畫面也跟著清晰起來，這也是當然的，因為那句話，其實也是最近才聽到而已——

「老爸，你看著我的眼睛說，我對你來講，是不是也是『人家的兒子』？」

廖老先生的呼吸驀然滯住了，他只感覺自己的身體如同要裂開了一般，劇烈的痛苦在一瞬間蔓延至身體的每個角落。

刺耳的剎車聲、人群的驚叫，天空在這一刻於視野中傾斜。

直到這一刻，他才意識到……那痛苦並不僅僅來自於內心。

「有醫生嗎？快救人啊！」

一個熱心的男子衝上來，手忙腳亂地按住了廖老爺子的身體，似乎想替他止血。「沒事的、沒事的，堅持一下，救護車馬上來啊！」

廖老爺子嘴脣微動，好像說了什麼，男子沒聽清，於是把耳朵湊過去。

「你說什麼？」

而後，他依稀聽到老人含糊的聲音——

「山月啊……對不起啊，我什麼都沒能留給你。」

第十二章 意外和明天

程敘在下課的時候接到了廖山月的電話，他很久沒有聽到廖山月這樣的聲音了。雖然並不明顯，他還是能聽出廖山月聲音裡那細不可聞的顫抖。

「車禍？那現在人怎麼樣？」

「不知道，醫生不肯說，只是說一定會盡力。」

「哪家醫院？」

「醫科大第二附屬。」

「一小時後到。」程敘掛了電話，直接去請假，理由是家屬出車禍。雖然下午還有他的一節課，但大學的教務處也知道不是計較這些事的時候。

當程敘到醫院的時候，他正看到小星蹲在靠牆座椅角落裡，用手不斷地摸來摸去。而廖山月則坐在椅子上，雙肘撐膝，頭低著看不到臉。

從他沒阻止小星不安分地摸地面和座椅連接處的情況來看，看起來心已經亂了。

「爸爸！」小星很機靈地在略顯嘈雜的環境裡清晰地分辨出程敘的腳步聲，轉頭一看，嘴巴一撇，一臉委屈，然後向程敘走去，且越走越快，同時雙手張開。

程敘一把將他抱起，安撫地拍了拍他的背。「怎麼了？」

「二號爸爸凶我……」小星帶著一股哭腔，小聲地告狀。

程敘沉默了一會，知道現在不是討論這種事情的時候，所以輕聲說道：「二號爸爸現在很難受，小星原諒他好不好？」

「那他要和我說對不起。」小傢伙眉頭皺得豎起，看上去沒那麼容易妥協。

「他對小星那麼好，今天肯定不是故意的，等他不難受了和小星說，好不好？」

「那……好吧。」小星顯然有些不情願，但還是點了點頭。

他對生死的概念還十分模糊，也不是很明白到底出了什麼事，但小星早就在母親手裡鍛鍊出察言觀色的能力。

他敏銳地察覺到情況不對，不是自己哭鬧的時候。

程敘抱著小星走到廖山月旁邊，在他旁邊坐了下來。「怎麼樣？」

「進去快一個半小時了，現在什麼都不好講。」廖山月的聲音有些艱澀。「不好意思啊，沒辦法把小星一個人丟家裡，我就把他硬帶出來了。」

程敘搖搖頭。「是我不好意思才對。」

廖山月罵了一句。「放屁，那也是我兒子，你不好意思個芭樂。」

「是你先不好意思的，還有，不許在小星面前爆粗口。」

廖山月聞言，忍不住胸口一悶——老子總算明白他老婆為啥想跟他離婚了！

廖山月抬起頭，瞪了一眼程敘。「都這時候了，你還跟我計較這些幹什麼？」

程敘恍然大悟，隨後很誠懇地道歉。「不好意思，習慣了。」

隨後兩人陷入很久的沉默，而小星感覺到氛圍越來越詭異，忍不住在程敘懷裡蜷縮了下身軀，導致鞋子也踩到程敘的膝蓋上，但程敘沒有在意。

良久，廖山月才開腔，語氣裡滿是沮喪。「我和他最後吵了一架。」

「什麼？」程敘沒反應過來。

「我和我爸吵了一架，後面就再也沒聯繫了。」

「……」

「你說，他被車撞的時候，腦子裡在想的是什麼？是不是也在想這件事？我猜，肯定比我現在還難受吧？」

程敘轉頭看向恢復到之前坐姿的廖山月，看著他雙肘撐膝蓋，低著頭，隱約有水滴落下……

「不知道，等他醒了問問就是。」

「要是醒不過來呢？」

程敘陷入了緘默，良久，他才艱澀地開口：「不是所有問題，都能在人生裡找到答案的。」

廖山月罵了一句髒話，他忍著衝旁邊死黨打一拳的衝動，將目光瞥向反方向，想看一眼漂亮的護理師小姊姊中和一下火氣，最後卻發現自己現在根本沒什麼花花心思，不由得更是氣惱。「你還真是不會講話。」

程敘扯了扯嘴角，露出個牽強的笑容。「肺腑之言罷了，這我比你有經驗。」

廖山月一愣，然後彷彿想起了什麼般，輕輕說了一句。「抱歉。」

程敘搖搖頭。「都這麼多年了，早沒事了。」

時間漸漸流逝，程敘帶孩子去了兩次廁所，還買了一份麵包給廖山月，但廖山月咬了一口就沒吃了。

待時間到了晚上七點，手術室的紅燈終於變色了。醫生開門出來的瞬間，廖山月已經衝上去。「醫生，怎麼樣？」

「手術還算成功，但病人還在危險期，需要絕對的靜養休息。」

「我們能進去看看他嗎？」抱著已經睡著的孩子，程敘上前問道。

醫生搖搖頭。「病人還沒有醒，而且他需要休息，探視時間至少要等他醒過來才行。」

「那什麼時候能醒？」

「現在還不好說，但至少得等麻醉的時間過了，現在先得進ＩＣＵ病房，請你們先把相關手續辦一下，您證件帶全了嗎？」

醫生的話讓廖山月一怔，還未等他反應，旁邊的程敘把熟睡的孩子遞給了廖山月。

「你幹麼？」廖山月驚了，但也是將小星接過。

「你在這裡等著，我去辦。」

廖山月欲言又止。「可是……」

「有我呢，沒事。」程敘很罕見地看明白了廖山月擔心的是什麼。「別擔心錢的事。」

醫生看向程敘，點點頭。「原來您也是病人家屬啊，證件都帶著嗎？」

「是的，我也是家屬。」程敘回答的時候沒有一絲猶豫。「我來的路上就全帶上了。」

廖山月抱著孩子，看著程敘臉上平靜的樣子，抿了抿嘴，跳脫如他，此刻也說不出話了。

程敘見他沒意見，又補了一句。「另外，你爸家裡鑰匙給我，他的證件估計沒帶在身上。」

「哦……哦哦。」廖山月如夢初醒，用嘴比劃了一下自己褲子的左邊口袋。「鑰匙串上最大的鑰匙就是。」

因為並不熟悉廖老爺子家裡的擺設，程敘翻箱倒櫃尋找證件，好在老人生活簡單，東西並不多，他沒花多久就找到了自己想要的。

但其他發現的是，還有和證件放一起的，以及一大堆金融商品的合約和介紹……

「怪了，他不是最看不起做金融的嗎？」程敘喃喃自語。

廖老爺子身體底子不錯，在第二天早上他就醒了過來，而他醒過來的第一件事，就是透過護士告訴廖山月一件事。一件十分糟糕的事。

他欠債了，當廖山月知道那筆欠款可能高達三百萬，且用了房屋做抵押的時候，整個人都懵了。因為做為得過且過的月光族，他別說三百萬，連最近老爸的醫藥費都是程敘付的。

他不知道程敘有多少錢，但他不可能和程敘開這個口。

到了第三天，廖山月總算能夠探視自己的父親了。他進入病房後，就發現戴著氧氣罩的廖老爺子不僅瘦了不少，情緒看上去也十分低落。

「你來了啊。」廖老爺子靠在床上，頭上包裹著紗布，看到廖山月進來，他一臉愧疚。

「嗯，感覺還好嗎？」

「錢呢，要回來了嗎？」廖老爺子此刻只關心這件事，他期盼地看著兒子，希望得到一個可以讓他重燃希望的消息。

可廖山月的沉默讓他的臉色變得越發蒼白了，他頹然地閉上眼睛。「哎，那就不該把我救回來。」

廖山月一愣，沒明白父親的意思。「什麼？」

廖老爺子此刻已經沒了以前在兒子面前的氣勢，或者說，在他知道自己投資失敗的剎那，他的脊梁骨就好像被打斷了似的。他支支吾吾了半天。「我、我買了保險的，人壽和交通的都有，要是死了，就能把錢還上了。」

雖然知道此刻不該讓廖老爺子生氣，但廖山月還是忍不住心裡冒起了一團火，口氣忍不住重了起來。「老爸，你瘋了啊？你是想說錢比你的命重要嗎？」

「可那些錢以後都該是給你的！」廖老爺子終於忍不住在兒子面前哭了出來，他身體虛弱，連眼淚都流淌得十分無力。「你不肯安分過日子，我勸不了你，你這樣，以後沒孩子孝順你，總得留點兒養老的錢吧？」

廖山月的臉一抖，他沒料到這件事的病根居然是出在自己身上。「你是因為想多留點兒錢給我，所以才碰這個的？」

廖老爺子長嘆一口氣，閉上眼睛，沒有說話。

這個反應，讓廖山月無力地坐在床邊椅子上。他第一次發現自己真的是一個無用到極點的人。

「山月啊，對不起啊……是老爸沒用。」

「不，是我對不起你才對。」

談話在抑鬱的基調裡結束，廖山月出了醫院，就打了電話給程敘。「有空嗎？有點事，想跟你商量。」

「我還在辦事，一會我回家，等小星午覺睡醒了我就過來。你爸情況怎麼樣？」

「等等，別帶小星來。」廖山月說話時有些急促，聽上去他很在意這件事。電話那頭的程敘一怔，他瞥了一眼身前替他辦理業務的銀行櫃員，微微側過頭，用手遮擋。「電話裡不方便說？」

廖山月的聲音聽上去悶悶的。「嗯，我想當面談談。」

「是你爸的事？」

「也有別的事。」

程敘感覺到廖山月此刻的情緒十分低落，他猶豫了一下，說道：「那如果不急的話，等你回家再聊吧，我不能把小星一個人留在家裡。」

「好，我現在就回去。」

四十分鐘後，回到家的程敘發現廖山月已經在家裡等他了。見程敘回到家，廖山月泡了一杯黑咖啡給他。

程敘把手上的公事包往桌上一放，接過了廖山月的咖啡。「小星還在睡？」

「嗯。」廖山月應了一聲，少見的沒精打采。

程敘不由得心裡一沉，問道：「剛才電話裡問你，你沒答我，你爸到底情況怎麼樣？」

「生命危險是沒了，但身體能恢復多少還不知道，畢竟年紀大了。」

「那你是有什麼事嗎？」程敘放下心來，人沒出事就好。他慢悠悠地端起黑咖啡，輕輕抿了起來。

「我們離婚吧。」

程敘被這句話嗆得連聲咳嗽，咖啡都噴了出來。

廖山月連忙扯了點兒紙巾遞給他，苦笑著說道：「有必要這麼誇張？安啦，我爸最近的開銷我會還你的。」

程敘舉手示意他先停下這方面的話題。「我能問問這是為什麼嗎？」

廖山月將醫院裡和廖老爺子的對話告訴了程敘，撓了撓頭。「我真不是有意瞞你，但這情況，我肯定不能不管他。畢竟，他出這事，很大原因也是我的問題；而且這筆錢數目不小，總不好拖累你⋯⋯」

廖山月的話又被程敘舉起的手打斷了，程敘一邊低頭擦拭身上的咖啡漬，一邊說道：「所以我歸納一下，你看是不是這情況。」

「第一，你父親因為原油寶的事，現在有了三百萬的欠款，這筆錢涉嫌金融詐騙，能要回多少錢不知道。如果要不回來，除非你在年底能有三百萬，否則你家抵押的房屋會被拍賣還債。

「第二，你父親之所以這樣，是因為他對我們的家庭結構沒有信心，所以做了這些事。為了讓他安心，防止他以後還要做傻事，也為了不牽連我，所以你覺得還是離婚比較好？」

廖山月此刻顯得意志消沉，苦笑著點點頭。「我現在想想，當初也確實有點草率，很多事沒搞定就和你去登記了。」

用完的紙巾被程敘丟到垃圾桶裡，隨後把桌上的公事包大開，將一份份文件拿了出來。「我這邊有些東西要給你看一下，你看看能不能解決這些問題。」

廖山月愣住了，他看著桌上文件，一開始還漫不經心，但隨後就忍不住瞪大了眼睛。他連忙把文件拿起來，看了幾份，又看了看程敘。「你怎麼知道這事的？我是今天第一次和你說吧？」

「上次不是問你要你家鑰匙嗎？要拿你爸的證件，找的時候正好看到了原油寶的購買合約，我就乾脆找得徹底一些，還發現了你爸的貸款文件……」程敘神情淡漠的樣子如同一個經驗老到的偵探。「……很容易推斷。沒和你說，只是看你那時候比較煩，乾脆就我來處理了，反正這方面你現在什麼用都派不上。」

廖山月猛地跳起來，破口大罵。「你他媽的瘋了？你把自己的房子抵押出去，然後給我爸還貸款？你智障啊！」

「瘋的是你吧？」程敘眨眨眼，一臉奇怪，只覺得廖士奇的腦回路充滿了秀逗的色彩，除了搞笑賣蠢沒有任何實際意義。「你去看看其他關係正常點兒的家庭，誰會因為這種事離婚的？不都是一起扛的嗎？哪怕從經濟利益角度考慮，以後你爸走了，遺產也是我們這個家庭的，我一樣也受益，你動不動就喊離婚，你才該去看看醫生。」

這話把廖山月噎得直翻白眼，但廖士奇從來不需要講道理，他繼續來了一段三連發。「智障！白痴！神經病！」

程敘把廖山月的罵聲當作耳邊風，絮絮叨叨地如同一個囉嗦的老婆婆。「另外關於你爸買金融產品虧損的事，我這邊也託關係問了。因為立案還算及時，那間金融公司還和別人簽了對賭協議，應該會獲得一些賠償，那些賠償金現在已經被凍結了。把我們的情況說一下，應該還是能挽回一些損失，如果特別順利的話，即便不下降現有的生活水準，三到四年我們就可以把貸款還上。」

廖山月此刻的眼眶已經開始隱隱泛紅了，他沉默了一會，嘶啞著嗓子低聲說道：「謝謝你了，木頭。」

「嗯，你是該謝謝我，除了你爸的那份貸款，我還替你解決了另一個問題。」程敘看著老是沒心沒肺的廖山月露出這樣的表情，莫名覺得稀奇又有趣。「他覺得我們的婚姻沒什麼保障，不太靠得住，但這次的處理方式，應該足以讓他明白，他所擔心的事是不成立的。所以從這角度來說，你爸的投資失敗並不是完全的壞事，他讓我們有了證明自己的機會。」

廖山月一怔，而後反應了過來。

確實，這天底下哪裡還有比這個更好的證明方式了？程敘拿自己的房產做抵押貸款幫廖老爺子還債，如果這還不值得信任，那世上九成九的「正常婚姻」都是個笑話了。

特別是對於身為婚姻失敗者的廖老爺子來說，更是如此。

第二天，廖山月帶著小星去醫院看廖老爺子，把事情和廖老爺子一說，直接讓無精打采的廖老爺子驚訝地瞪大雙眼。

「什麼？他……他怎麼可以這麼幹？」廖老爺子喃喃自語。「這、這不大好吧？」

「我一開始和你想得一樣，不過嘛，現在想想他說得沒錯，所謂家庭，不就是這樣的嗎？」廖山月說到這裡，頓了一頓，他意味深長地看著父親。「老爸，事實證明，我找的伴侶，可比你找的可靠多了。」

廖老爺子聞言，忍不住翻了個白眼。雖然話難聽了些，他倒是覺得兒子說得有道理，只是終究還是不甘心。「可孩子呢，那是……」

說到這裡，他驀然閉上嘴。上一次吵架他還記得，他知道這已經成了兒子心裡的疙瘩，他略顯愧疚，可又帶著糾結。

「上次是我態度不好，老爸，我不該強迫你表態。」廖山月的話讓廖老爺子愕然，在父親複雜的情緒裡，廖山月笑著說道：「那木頭說得沒錯，改變自己比改變別人容易多了。不管你有沒有把我當作『別人家的孩子』，我肯定不會把你當作『別人家的老爸』，所以你的看法，我現在覺得根本不重要。」

說著，廖山月把一邊正在玩玩具的小星抱起來，不顧他的掙扎，哈哈大笑。

「給你介紹一下，這是我兒子，叫小星。小星呀，剛才來的路上教過你了，你該叫他什麼啊？」

小星掙扎了幾下，肉乎乎的小手就想抓廖山月搶過去的玩具，但因為沒搶到，就有些急了，呼吸有些急促起來，眼看就要哭了……

「叫人我就給你。」

「爺爺！」小傢伙從善如流，就是帶了點兒不耐煩。

廖山月得意洋洋地炫耀。「老爸，這孫子不賴吧？」

廖老爺子是怎麼回應的，幾年後的廖山月就有些記不清了，但他記得這個固執的老頭在那一天哭了，哭得厲害。而因為情緒過於激動，廖山月還被護理師趕出了病房。

＊　＊　＊

在疫情爆發後一年的炎熱夏天，許晴終於從澳洲回來了。但她沒有提前說，她想搞個突襲，看看兒子到底過得怎麼樣。

一年沒有回來的她不禁感嘆大街上的變化，有許多熟悉的店不見了，看來很多人沒有挺過去，但好在變化也沒有大到讓她不記得程敘家的路。

因為終於回來了，再加上要見到一年沒見的兒子，所以她心情不錯，還帶著三分的急迫。當她快步走上樓梯，剛要把手按向門鈴時，就聽到裡面一段詭異的對話——

「廖士奇！你有毛病啊！你居然教我兒子推牌九！他才幾歲啊？」

從音調的起伏來看，能把程敘氣成這樣的人很了不起，至少許晴自問自己做不到。

「推牌九怎麼不行了？我們又不賭錢！」廖山月說話理直氣壯。「這是刺激小孩大腦發育的，不懂不要礙事！」

「我跟你拚了！」

「我靠！你敢動手？你信不信我去報警說你家暴啊！喂喂喂！那是我剛買的公仔……啊啊！我的武田信玄！」

隨後廖山月發出了一陣極其淒厲的慘叫。

期間夾雜著小星幾乎笑得快要背過氣的聲音，「咯咯咯……爸爸加油！」

「你看小星都幫我！」

「他那是喊我！少自作多情！」

一切的一切，讓原本心情極好的許晴，在這一刻臉上陰雲密布，咬牙了半天，終於按下門鈴——

你們兩個混蛋！受死吧！

番外篇

落入咖啡的眼淚

二〇一〇年，九月。

一輛由市區駛向山區的旅行巴士，在蜿蜒的山道行駛。周圍茂密的森林，潮溼和悶熱的空氣相比在城市裡要好不少，可盛夏最難受的不是豔陽天，而是下雨的前一刻，基本就等同於一個巨大的三溫暖房，肉眼可見的溼氣甚至能出現在玻璃上。

幸好人類歷史上有個叫做約翰·戈里的醫生發明了一個叫做空調的東西。因為車廂裡沒有讓人昏昏欲睡的悶熱，在這樣的暑假裡，學生們從坐上巴士開始，就幾乎沒安靜下來過。

這不是學校正式的修學旅行，而是高二四班的班主任夫婦自行發起的自費活動，參加與否全看自願，除了少數幾個學生因為個人原因沒有辦法前來，其他能來的幾乎都來了。兩夫妻都是這所高中的老師，女的教數學，是班導師，丈夫則是生物老師兼體育老師。

同時值得注意的是，兩人的獨子程敘也在這個班，並沒有避嫌，所幸也沒有惹出什麼麻煩。

班上的氣氛很好，但因為是高二的暑假，班導師劉老師認為在高三的時候，恐怕沒有太多的玩樂時間，算是高中學生生涯裡最後的放鬆時間。而程老師本身也是個資深旅遊愛好者，而且興趣獨特，從來不去熱門景點，哪裡人少就往哪鑽，他堅持認為旅遊就得獨闢蹊徑，人少才是王道。

別談什麼最美的風景就是人，再好的風景丟個上萬人，那就是個不會移動的公車車廂。

「廖士奇！走開啦！這裡是女生的位置！」

「哎呀～不要那麼小氣嘛～反正這裡空位很多嘛～」十七歲的廖山月此刻正露出壞壞的笑容坐在一個女生的旁邊，完全不顧前後左右嫌棄的聲音，「我一過來妳們反應就這麼大，是不是暗戀我？」

「滾！」

「去死！」

「你很討厭哎！廖士奇！」

十七歲的廖山月是學校裡有名的搗蛋鬼，成績不算太糟，也不算太好，可所有老師都承認他很聰明。因為他就沒認真聽課過，每次再考前突擊一下，總是能拿到過得去的分數。

這讓所有教過他的老師都恨得牙癢癢的，每次和廖爸爸談話時，都說只要他每天能認真兩小時，恐怕就是資優生了，感嘆念書的天分給這種人真是浪費。

但奈何廖山月卻有不同的看法——

「一百分裡考八十分剛剛好啊，再高就累了。低於七十分，我爸就得找我麻煩，不合格就直接吃『竹筍炒肉絲』了，八十分正好。」

這句話傳到廖爸爸那裡後，據說又雞飛狗跳了一陣，期間廖山月的成績不升反降，最後廖父只能長嘆一聲，只覺得祖墳的青煙都被這小子浪費了，老天爺給的腦子不知道珍惜，不孝到可以下地獄。

要不是只有一個孩子，他都想大義滅親。最後沒辦法，只能讓這小子自生自滅了。

不過他體育課倒是幾乎樣樣滿分，甚至為了追女生，把跳繩練到可以去參賽的地步。成績過得去，體育好，性格秀逗，在學校裡倒算得上是風雲人物。

面對女生們的言辭討伐，廖山月神情突然一肅，一本正經地盯著最後一個說話的女生，「女生這樣說話很不好，不要這麼說話，明明有更好的表達方式，為什麼要說得這麼傷人呢？」

那女生一愣，隨即浮現一抹冷笑，「你一個男的跟我指手畫腳？要不你教教我？你倒是教教我怎麼用不傷人的方式趕走你這個賴皮鬼啊！」

「沒問題，看好了，我只做一遍。」廖山月一本正經地說完這句後，突然豎起蘭花指做嬌羞狀，撇過頭拋了個惡俗到讓人想吐的媚眼，「討厭啦～死鬼～」

「去死啦變態！」

「噁心死啦！」

「我要跟隔壁班曉燕說她一不在你就發春！」

在一群怒罵聲，看見一群女生瘋狂地拿包包砸坐在椅子上的廖山月。

「副班長，麻煩管管你家的哈士奇啊！」

正在聽著MP4音樂的程敘正看著窗外的叢林，手上拿著數位相機，時不時地拍下幾張照片，然後低頭看自己剛才拍的照片是否滿意，直到有人拍了拍他的肩膀，然後指了指那邊正在慘遭圍毆的廖山月。

但還不等他做出什麼回應，就聽到自己的母親，也是班導師的劉瑄說道：「廖山月，坐自己位子上去，你給我差不多一點啊！」

「劉老師，遭受暴打的是我啊！」廖山月嬉皮笑臉地挨著揍，但嘴皮子卻沒落下，「妳要主持公道啊！」

「你不過去不就完了，特意過去不是找打嗎？給我坐回去！」劉瑄沒好氣地數落著，然後看向後排車窗邊的兒子，「小敘，看著他，別讓他亂來了。」

「好的，劉老師。」程敘點點頭，在學校裡被要求他只能稱自己的父母為老師，避免讓其他學生感到不適。不過因為習慣了，哪怕出了校門，只要在同學面前他也不換稱呼。

雖然大家都知道這是一家三口，已經成為了班級裡的一個梗，甚至成為了學校裡的傳說——「不需要擔心家訪的悲慘學生。」

程敘拖著廖山月的後領，把他拉到了自己的旁邊，「你不想我跟叔叔告狀吧？」

「你以為我怕啊？」廖山月仰天哈哈一笑，然後老實地坐在了程敘旁邊，「我跟你說，青春期不要那麼老實，父母的話不該聽的別聽，該聽的也不要聽……」

「你有本事當著叔叔的面再說一次。」程敘推了推眼鏡，然後他看到老爸點了點廖山月，知道他是讓程敘管著廖山月。

「哼，你就會告狀！」

「一招鮮，吃遍天，等你什麼時候不怕了，我再想第二招就是了。」程敘面露不屑，言下之意，就是閣下沒資格讓我出第二招，「便祕就便祕，不要怪地心引力。」

「欺人太甚！你以為我真的怕你啊！」

「我表現得不夠明顯嗎？」

因為廖山月家和程老師家是鄰居，這一來二去，反而讓程父程母有別於別的學生，與廖山月早就接觸多了。就廖山月這個脾性，這對夫妻老師對他的威懾力早就降了很多，在學校裡各種惹麻煩。而相比未成年人，成年人的程父和程母很多時候反而不好意思找廖父告狀，於是這個責任就有一部分落在了同齡的程敘身上，而程敘落實責任的方式也很簡單，那就是──找廖父告狀。

「我對天發誓，我一點都不……」

突然一聲驚雷響起，聲音之大讓車廂裡都瞬間安靜了一下。

程敘和廖山月互相看著對方良久，一個面無表情，一個神情尷尬。

隨後，瓢潑的大雨開始出現，綠豆大小的雨點開始不斷地撞在車窗上，發出「啪啪」的聲響，讓氣氛變得更加僵硬了。

良久，程敘擠出一個僵硬的笑容，「那個，你如果一定要發誓，待會下車到角落裡發可以嗎？牽連到無辜者就不好了，謝謝。」

廖山月頓時瞪大了雙眼，「你好過分！要不要把趨利避害這種成年人的骯髒特長發揮得那麼淋漓盡致啊？」

「你倒是對你會被雷劈這個特性十分有自覺啊。」

「你難道不怕？」廖山月這下算是承認了他天不怕地不怕，就是看自家老爺子頭大。

「我怕什麼？我爸幾乎不打我。」程敘憐憫地看著廖山月，「相比之下，感覺你爸就是靠揍你鍛鍊身體了，你看他多壯啊……」

程敘的父親名叫程默，他確實如程敘所說，很少使用暴力手段。但其實在敬畏這方面，也許是程敘天生膽大包天，又或者是程父一直讓程敘十分憧憬的關係，程敘恐怕比廖山月要更明顯。

因為程默是生物老師，又喜歡旅行，耳濡目染之下，程敘對自然十分感興趣。他從幼稚園開始就接觸標本，到了十歲之後更是開始學著自己製作，他之所以帶著數位相機，有一半動機是為了拍攝一些他還沒見過的植物或昆蟲。

廖山月氣得翻了個白眼，決定暫時老實地坐在程敘身邊，等風頭過了再去女生那邊玩。

程敘這時候也關掉了數位相機，畢竟若在關鍵的時間點沒電，拍不了重要目標的照片就很尷尬了。於是他靠著車窗，聽著來自外面的雨聲，眼皮逐漸重了起來，迷迷糊糊地睡了過去。

而後，不知過了多久，他聽到一陣尖叫，一個激靈醒了過來，隨手推了一下滑落下去的眼鏡。還沒明白怎麼回事，一陣急剎，以及一片慌亂的驚呼聲中，他撞在了前面的椅子上，鼻子不由無比酸疼。他捂著鼻子看向前方，透過巴士的擋風玻璃，看到前方的景色，不由得呆住了。

以往只在紀錄片上見過的畫面，如今出現在眼前——

大量的泥土混雜著樹木，如同河水一般在前方落下，淹沒了前方的道路。還不等他反應過來，就聽到驚恐的聲音響了起來——

「是土石流！」

「上……上面……老師，我們這邊也有！」

話音一落，土石流就沖刷下來，把巴士撞得不斷抖動，並且這個抖動越來越大，驚叫和哭泣開始響徹車廂，即便在同齡人中算鎮定的程敘，也不由得有些慌亂。

隨即一陣嚴厲的大喝聲響起，「所有人！坐在椅子上！把書包都背上！抓住前方把手，全部低頭！越低越好！」

是程默，而後旁邊的班導師劉瑄也跟著喊了起來，她聲音微微有些發顫，「大家聽程老師的，沒事的！冷靜！」

沒錯，現在也不能出去，失去巴士的保護，用肉體面對土石流簡直就是找死。還不如賭一把土石流的流量，就算真的被掩埋，好歹也有巴士做為緩衝。

在慌亂中有了主心骨，所有人都手忙腳亂地在不斷震顫、甚至開始出現位移的巴士裡照做。哭泣聲和吵鬧的聲音雖然沒停，但好歹開始做了。

一陣帶著暈眩感的位移，程敘感覺到自己竟然有點向上升高了，他立刻意識到，這是巴士車頭被土石流沖出山道，車頭在向下，一瞬間他頭皮發麻——必須讓前排的人到後排來！否則整輛車都會掉下去的！

失重的感覺再次讓一車廂的人都驚慌了起來。

「要下去了！我還不想死啊！」

「怎，怎麼辦啊……」

「嗚嗚……媽媽……」

「所有人抓緊！不要動！全部低頭！」程默的聲音在前方傳來，他的聲音依舊嚴厲而沉穩，「不要亂動！不要胡思亂想！不要隨便更改計畫！給我抓緊！坐穩！誰這時候離開位置就死定了！」

所有人都在祈禱土石流快點停止。

「我靠，感覺這次要完蛋啊……」旁邊的廖山月發出了顫抖的聲音，「喂，你說，是不是我剛才亂發誓的關係啊？老天爺心眼這麼小的嗎？從來沒聽說過啊……」

程敘咬牙切齒地罵道：「這時候你還胡說八道我真他媽服了你！」

「我好像還欠你五十塊吧，這下不用還了吧……」

「滾！」

在兩個人亂七八糟的對話聲中，巴士繼續傾斜著，山上土石流帶下了一棵粗細足有三人合抱的樹木撞擊，巴士從山路的懸崖上落了下去……

＊＊＊

在一片呻吟和虛弱的哭聲中，程敘在渾身的疼痛裡醒了過來。他發現自己正從車裡被拖出去，自己背著的書包卡住了車窗，抬頭一看，發現是廖山月。

廖山月此刻面色蒼白，除了面部有些擦傷，看上去沒什麼大礙，「醒了？沒事吧？」

程敘掙扎著爬出已經沒有強化玻璃的車窗，踩著泥濘的泥土，之前的驟雨不知何時已經停了。他忍著疼痛站起身，第一時間查看四周，同時嘴裡問著：「山月，大家沒……」

他的話頓住了，他發現大半的車廂被埋在土木之中，車頭甚至有一部分被大塊的石頭和樹木擠了進來，內部至少有一半的空間已經被掩埋。四周還能活動的女生在照顧傷患，而男生則是盡可能地把車裡的人拖出來。

程敘的眼眶一下子就紅了，他在傷患中找到已經被拖出來的程默。

程默的狀態很不好，他的左腿有不規則的扭曲，很顯然已經斷了；但好在神智清醒，正在指揮學生救人，以及做應急處理的辦法。

丟下轉身又去車廂裡幹活的廖山月，程敘快步走到靠在樹幹上的程默面前，有些慌亂地問道：「老爸，我媽呢？」

程默看了一眼兒子，剛要回應，就聽到不遠處的一名男生氣喘吁吁地說道：「程老師，能拉出來的人都拉出來了，只剩下那些被壓住的人沒有拉出來，不要緊嗎？」

「在不確定他們傷勢是否嚴重的時候不要動，否則失去壓力後容易出現大出血。」程默點點頭，咳嗽了一聲，「救出來的又多少？」

「意識清醒能夠動的，只有六個人，有意識的現在有十五人，其中五個還在車裡，沒有拖出來。」

程敘聽到這裡，心都顫了，今天是他點的名，所以他知道有多少人，包含司機在內，車上有三十人，「爸，我媽呢……」

「小敘，冷靜。」程默的聲音平靜，但眼眶發紅，「你先聽我慢慢說。」

程敘看到父親臉上的表情，一下子意識到了什麼，突然覺得腳有些發軟，他順勢坐倒在地上，「好，你說。」

「你媽媽坐在司機的後面，我本來以為那邊最安全，但因為她那面的擋風玻璃破了，所以……」程默說到這裡，張了張嘴，卻沒有發出聲音，似乎在逼迫自己把那個詞說出來，差不多隔了兩個呼吸，他才盡可能平靜地把話說出來，「你媽媽沒了。」

程敘的眼眶瞬間紅了，巨大的悲痛讓他幾乎要暈過去，但還沒等他哭出聲來，就聽到程默厲聲說道：「不准哭！」

程敘被這個聲音嚇了一跳，他茫然地看著父親，不知道如何是好。

程默掙扎著探過身子，一把拉住程敘的衣領，死死地盯著自己的兒子，他眼白處綻出血絲，但口吻卻透著一股可怕的沉穩，「小敘你聽我說，現在不是哭的時候，現在所有人都能哭，但就我們倆，現在不能哭。」

「為……為什麼？」

「因為我們要盡可能多地把人帶回去，我們不可以讓大家都死在這裡！」程默的話讓程敘身體微微一震，「聽明白了嗎？如果聽明白了，就點點頭，然後深呼吸，先平靜下來。」

程敘強自忍著悲痛點點頭，然後深深吸氣，吐氣。

「對，再來。」

吸氣，吐氣。

「對，再來。」

吸氣，吐氣。

如同牽線木偶一般，程敘完全照父親的話做，程默這才鬆開了抓住兒子衣領的手。

「現在，這裡沒有訊號，手機打不通，我們聯絡不到人。這條山路車流量很少，就算有車發現土石流，也未必會發現山坡下有人，所以，必須找到有訊號或者有人的地方。」程默一邊說，一邊用旁邊的木棍和衣服綁住自己斷掉的腿，「我要你帶著剩下還能活動的人，走出這個地方，然後找人來救剩下的人。」

程敘當即就發現了另一個問題，「我？那老爸你呢？」

程默搖搖頭，他冷靜地說著，「我的腿已經這樣了，沒辦法跟著你們，帶著我，你們沒辦法走出去。」

程敘毫不猶豫地搖頭，他只覺得父親的話充滿了一種荒謬感，「不行！我可以背你！」

「我讓你冷靜！不要任性！沒聽明白嗎⁉」程默雙眼眼白的血絲，因為情緒翻湧變得越發鮮紅，「你是這個班的副班長，也是這個班對野外環境最熟悉的人，領頭的只能是你，你必須要保證充足的精力來面對接下來的問題。我再說一次，小敘，你必須要冷靜，否則不止咱們兩個，這裡沒有一個人能夠活著出去，你聽清楚了沒？」

程敘把牙齒咬得咯咯作響，默不作聲地點點頭。

「時間緊迫，由你帶著能夠行動的人去求救，現在距離出事的時間差不多已經過了兩個小時，發生災難的黃金救援時間是四十八小時，我要你帶剩下的人，在保證安全的前提下盡快走出這片地方找人來救我們。別太擔心，我們是從山路上掉下來的，你書包裡有地圖，這附近有條河，只要找到河，不僅可以保證水源，而且沿著河走一定可以找到人煙，出去不是問題，你可以的。」

程敘不斷點頭，但眼淚還是不爭氣地落了下來。程默有心喝斥，但看著兒子還略帶稚氣的臉，卻忍不住心軟了，「小敘，這次出事是我的責任，別說我的腿有問題，就算沒問題，我也不可能跟你走，剩下的人必須要由我來照顧，否則傷患會因為焦慮出現更多意外，讓能救的人都救不回來了。所以現在，唯一能把剩下的人都救出去，唯一能幫助我承擔責任的只有你了。所以現在你沒時間哭、沒時間任性，老爸這輩子從來沒這麼求你過，求求你，把人給我盡可能多救出去！我死了都沒關係！」

程敘不斷點頭，然後不斷地深呼吸，最後在程默欣慰的目光下，用力伸手搓了一把臉，將情緒平復。

「你知道該怎麼做了吧？」

「知道。」程敘的聲音平穩，眸子幽暗，死寂得如同一灘死水，不帶一絲漣漪，「把人帶出去，再讓人來救你們。」

「很好，看有什麼可以用的，讓人帶好，你就帶人走吧。」程默在固定好腿以後，咬著牙，用手邊的登山杖站了起來，用手一指旁邊從車廂裡拿出來的雜物，而後一邊一瘸一拐地向車廂走，一邊對不遠處的廖山月喊道：「山月，把其他人都叫過來，我有事要安排。」

待程默把計畫對所有人說了之後，頓時引起了一些不安。

「不能大家一起走嗎？或者讓盡量多的人一起走？」

「剛才說了，我們的情況現在沒辦法一起走，行動部分受限的人只會拖慢他們出去的速度，時間久了，缺少物資的情況下沒人撐得下去，而且這裡還有不能動的人需要照顧，總不能拋下這些需要照顧的人吧？」

「萬一他們出去以後，找不到我們怎麼辦？」

「請相信自己的同學，況且他們只需要求救就可以了。土石流的地段不可能很多，只要求救，我們很快就會被發現。如果運氣好，我們甚至可能在他們走出去之前就被發現，如果上面的人發現我們的話。」當把這些問題回答完後，程默看到雖然還有不滿，但確實也沒什麼問題可以提了，「當然，如果有行動方便的人因為個人原因，比如身體不舒服，沒有足夠的體力，沒辦法跟著程敘走，想要留下來也可以。但老師建議，你們最好跟著程敘走，得救機率會大一些，只是會吃些趕路的苦頭。」

＊＊＊

最終決定離開尋找出路的，包含程敘和廖山月在內一共有五人，三男兩女，其他三人分別是班長張雪、藍薇薇和朱智誠。

每個人都背著一個大背包，男的分擔了食物和水的部分，女生則放著別的雜物。雖說這裡有山路，但既然從山路上掉下來進入森林的位置，基本可以算是進入未開發的森林了。

遇到野獸的機率不能說沒有，必須小心地挑選路線，以及確認方位。

程敘帶頭前進，他手中拿了一把登山杖，不斷敲打身前的草叢，這樣可以驚走蛇鼠蟲類。從地圖上看，河流應該在山脈的南端，掉下來的地方樹木的生長方向，以及苔蘚的分布告訴他，他們是從北端掉下去的，所以必須想辦法繞過山峰。

從地圖上看，即便是直線距離也有五公里左右，再加上是未開發地段，即便排除冤枉路部分，是否能在十二小時之內找到河流真不一定，更別提人煙了。

僅僅兩個小時，兩個女生之一的藍薇薇的喘息聲就開始越來越重了。張雪雖然還可以撐一下子，但在恐慌的壓力下，體力也遠比正常情況消耗得更多。

所以張雪微微喘著氣，「程敘，要不還是休息一下吧，大家有些累了。」

「抱歉，現在不行，離目標地點還早。」程敘走在前面頭也沒有回，「之前出發前就說了，如果體力不好，可以在原地等待救援，既然跟上來了，就要按著計畫來。我有安排六次休息的地點和時間，但每次只有五分鐘到十分鐘左右，並且不能坐下。」

現在的程敘在同伴眼中莫名有些可怕，藍薇薇聽到程敘回絕的話後一句話都不敢說，緊抿著嘴，努力跟上大家的步調，只有廖山月對待程敘的態度和之前是一樣的，「不能坐下？為什麼？」

「從現在開始，如非必要，盡量不要有多餘的談話，減少不必要的對話交流，這會消耗精力，而且嘴巴會乾，容易消耗更多的水。」程敘終於回過頭，瞥了一眼廖山月，而後看到朱智誠往嘴裡灌了一大口水，「另外，我再說一次，喝水量要盡可能地少，攝取的水分越多，流的汗就會越多，會破壞代謝平衡，電解質紊亂，生理機能和運動能力都會受到影響。一旦出現包含肌肉抽筋在內無法行動的情況，恐怕就不得不把他留在這個森林裡了。」

朱智誠的臉色頓時一變，他皺眉看向程敘，「怎麼，你還準備把同學丟在這樹林裡？每個人體力有差異很正常，稍微休息一下就能跟上，要不要做得那麼絕？還是你想要威風？你搞清楚，這次出的事是誰家的責任！」

朱智誠的話一出，氣氛頓時變得有些尷尬。這是個之前大家都刻意回避的問題——這次旅行並非是校方舉行的，而是班上老師夫妻私自帶學生出去玩的事。從這方面看，責任自然在兩個老師夫妻身上，即便他們同樣也是這次意外的受害者。

同樣，這個責任自然也會延伸到他們的孩子身上。

但大家也都知道，這件事程敘是無辜的，如果非要挑錯，那麼他只錯在是老師的孩子這件事上。所以做為班長的張雪立馬站出來說話：「別亂說話好不好，這件事又不是程敘的錯，大家都不想的！」

朱智誠聞言，冷笑一聲，「我說他，妳那麼激動幹麼？這件事不是他們家負責誰負責啊？妳暗戀他啊？」

張雪聞言，白皙的臉上頓時漲得通紅，結結巴巴地說道：「你……你亂說什麼啊，瘋了吧你？」

「要追究責任，等你活著出去再說。」程敘看到朱智誠帶著些許怒意的表情，面無表情地說道：「另外我不是在商量，我是在告訴你我會怎麼做，告訴你的目的不是讓你和我吵，我是在努力避免出現需要丟下你的情況。」

朱智誠頓時大怒，直接一步衝上前，「我靠，你要不要臉，我……」

廖山月一看情況不對，攔住了朱智誠，「行了，別吵了，這時候內訌算是怎麼回事？都消消氣，還有人等著我們去救呢。朱智誠你諒解一下，劉老師剛走，他爸爸還在等著他去救呢！」

朱智誠聞言，不甘地哼了一聲，不再說話。而廖山月則快步走到程敘身邊，拍了拍肩膀，「木頭，別往心裡去，大家現在心情都不好，你說話也別太過火了。」

程敘沉默，然後繼續朝前走，剛走了三兩步，突然聽到遠方傳來一陣巨響，所有人忍不住轉身望去，每個人的臉色都在一瞬間變得慘白。

土石流。之前發生土石流的地方，出現了第二次土石流，留守的同學和老師都在下面，情況好的話也許只是公車裡的人被掩埋，其他人還能躲過，可如果情況不好……

幾乎沒有人願意想下去。

「我們得回去看看。」心大如廖山月，他的聲音在此刻也忍不住顫抖了，「我們得回去看看，否則如果有人需要幫……」

一邊的藍薇薇更是忍不住捂住嘴哭出聲來了。

「別浪費時間，繼續按照計畫走。」
沉穩的聲音再次響了起來，所有人望向了那個彷彿喪失基本人性的副班長。他臉上依舊面無表情，只是眼神變得越發幽深。
這下連廖山月都忍不住了，他瞪著程敘，「你瘋了啊？我們才走了沒多少路！我們可以回去的！」
「回去做什麼？」
「救人啊！」
「怎麼救？」
「……什麼怎麼……救，救人就救人，看能幫上什麼啊。」
「我們沒有專業技能，也沒有足夠的藥物，甚至如果有人埋在裡面，我們都沒有能力去把他們挖出來。食物和水都是有限的，情況卻在不斷惡化；你告訴我，回去我們能做什麼？」
廖山月聞言，忍不住一滯，但火氣在這一刻也忍不住上來了，他看著那雙平靜如水的眸子，眼睛都紅了，「程敘，你老子還在那！」
程家和廖家算是老鄰居了，廖山月算是被程默一家看著長大的，感情自然也很好，廖山月之前本就在強忍克制自己的情緒，可現在看死黨這個「故作平靜」的表情，他再也忍不住了，他想衝那張臉上狠狠來一拳。

程敘點點頭，輕聲說道：「所以更要按照計畫前進，盡快出去，盡快找到救援，才能更快救到他們。」

廖山月瞪著程敘，一字一句地說道：「可萬一他死了呢？我說難聽點，這可能是你這輩子最後一次見他了！」

但沒料到，程敘卻回了一句在他眼裡堪稱喪盡天良的話，「死了還回去做什麼？」

砰！

廖山月狠狠一拳砸在了程敘的臉上，眼鏡直接碎裂飛了出去，在兩個女生的驚呼聲中，程敘被一拳打倒在地。廖山月還不解恨，直接騎到了程敘身上，一拳拳砸下去。程敘雙手抵擋，卻沒有還手的意思。

最後還是朱智誠看不下去，一把拉住了廖山月。他都被廖山月的瘋狂嚇到了，那動作根本就是往死裡打，「別打了，你發什麼瘋啊？冷靜點！」

廖山月喘著粗氣，惡狠狠地盯著臉上出現瘀青、嘴角破皮的程敘，然後冷笑一聲，「確實，這裡誰他媽還能比你冷靜啊，程敘。」

程敘在廖山月被朱智誠拉走後從地上爬了起來，把落在地上碎了一半的眼鏡擦了擦重新戴上，對面前的四個人說道：「走吧，我們浪費太多時間了。剛才就算是休息過了，一會如果出現頭暈的情況，班長包裡有巧克力。」

五人前進的路上，氣氛變得更加沉悶。所有人都失去了聊天的興趣，某種程度上也算是成功節省了精力。

而程敘走在最前端，他只覺得程默之前的話不斷地在他腦海裡如同夢魘一般回蕩——

冷靜！不要任性！不准哭！

大家能活多少現在全看你了！小敘，之後路上不管發生什麼都不准哭！保持冷靜，想想當前最應該做的是什麼，不要把恐慌和悲傷傳遞給別人，你現在是主心骨，別人看到你哭了，他們就害怕了。

不准哭！冷靜！

也許是因為聽久了，程敘從開始的忍耐，變為習慣。甚至現在，他都覺得心裡的恐懼和悲傷都在不斷縮小，頭腦越發清醒，冷靜地尋找安全且平緩的路線。

但畢竟只是一群沒有什麼太多野外求生技能的高中生，即便身上帶著一些野外求生裝備，還是有不可避免的意外發生了。

班長張雪的腳扭傷了，沒有辦法行走。

「稍微……稍微等我一下，我能走的，我能走的。」張雪有些慌亂，她帶著些許的哭腔，想要走兩步，但腳踝隨即而來的痛楚告訴她，不行就是不行。

於是程敘脫下了張雪的襪子，當看到張雪的腳踝微微腫起，然後用手指輕輕按壓之後，聽到了張雪一聲痛呼，忍不住心裡一沉，「可能骨折了。」

所有人都知道在這個時候骨折意味著什麼。

程敘沉默著把張雪的襪子重新穿上，抬起頭，「抱歉。」

張雪的臉發白，她看著程敘那張已經熟悉了兩年的臉，莫名覺得有些委屈和悲涼，「你要把我丟下嗎？」

程敘沒有猶豫地點點頭，在張雪複雜的表情前，向藍薇薇拿過背包，從裡面拿出一堆雜物，「我會給妳做好吊床，妳躺在吊床上，盡量不要下來，可以防止鼠蛇類的騷擾。不論妳的腳有沒有恢復都不要離開這裡，我會給妳留下足夠的水和食物。」

而後，程敘掏出噴漆，四周望了望，發現一處裸露在陽光下的石坡，走過去噴了一個紅色的ＳＯＳ。

張雪看著張羅的程敘，張了張嘴，十分勉強地笑了笑，「好，那你們加油啊，大家就靠你們了。」

除了程敘，其他兩男一女的神情也有些詭異，看著這一對正副班長，藍薇薇欲言又止，但最後還是嘆了口氣什麼都沒說。

全部收拾完後，班長躺在吊床上，看著程敘在四周、包括她的位置，用數位相機拍了照，然後聽到程敘說道：「我會拿著這些照片一起交給救援隊的人，安心，會找到妳的。」

「嗯。」

程敘點點頭，然後毫不留戀地往前走，一邊說道：「走，快繞過這座山了，之後看到河就基本脫離險境了，地圖上河邊有個村落。」

走遠了些許，程敘隱隱聽到張雪開始抽泣，但他神情不變，只是腳步走得更急了。而剩下的藍薇薇和朱智誠，看到程敘真的說拋下就拋下，自然也不敢喊累。

只有廖山月走在程敘旁邊，忍不住輕聲對他說道：「喂，你知不知道班長喜歡你啊？」

程敘面無表情，一言不發，好像什麼都沒聽到。

＊　＊　＊

在土石流發生的十八小時後，四名高中生脫離了險境。當看到河上有船的剎那，藍薇薇直接「哇」的一聲哭了出來，而在所有人不斷高聲呼喊的情況下，那艘小船靠了過來。

船主是個漁民，在看到四個和自己孩子差不多大的人時都愣住了，在瞭解情況之後立刻報了警。

救援在最短的時間內到達，救下了包含張雪在內的九人，但是……沒有包含程默。

在第二次土石流中，程默為了把一個下半身卡在石堆裡的學生拉出來，被隨著土石流沖下來的泥土砸中身軀，腎臟大出血，等救援隊來的時候，已經停止了呼吸。

程敘聽到這個消息的時候空落落的，他哭不出來，只覺得靈魂好像缺失了一塊，連悲傷都沒辦法感覺到太多。他只是怔怔地拿著手裡的死亡通知書，而在他旁邊的廖山月，哭得如他以前所說的「像個娘們」一樣。

「木……木頭，那時候對不起啊，嗚嗚嗚……」

「我沒怪你，不用道歉。」程敘的聲音依舊平靜，如同他走在森林裡一樣。

哭泣的廖山月突然意識到，那片森林裡，高二四班只走出了一部分人。他們出來的時候丟下了很多人，所幸後面還是得救了。

他以為所有的人都被找到了，不論是死的，還是活的。

可是最終，這個帶領他們走出森林的人，那個所有人裡表現得最想離開森林的人，似乎一直沒有從那片森林裡走出去。

所有人都離開了，只留下了程敘。

這個事件在社會上引起軒然大波，學校被究責的同時，也把鍋丟到了擅自召集學生去旅遊的程默夫婦身上。一時間口誅筆伐，高二四班在這個壓力宣布解散，程敘和廖山月被轉到了其他學校。

所幸處於對未成年人的保護，他們的名字並沒有被廣而告知。程敘也被當作燙手山芋，遠房親戚沒有人願意接手，但好在他有足夠的自理能力，找了親戚掛名，他自己一個人倒是也能過下去。

＊　＊　＊

三年後，山南大學的程敘坐在學校的咖啡館裡，整理著就學貸款的資料。這三年他成熟了很多，只是性格變得孤僻起來，如同行屍走肉一般活著。

「同學，請問現在方便嗎？」

一個溫和的女生小心翼翼地走到程敘旁邊，程敘抬頭一看，一言不發。

女生被看得有些不自在，但還是硬著頭皮說道：「我要做一份問卷調查，不知道同學你現在方便不方便……啊，如果你願意，我請你喝咖啡啊。」

女生觀察力不錯，她注意到了程敘桌上什麼喝的都沒有。

程敘點點頭，手往對面點了點示意，「坐吧。」

當咖啡被端上來，程敘抿了一口，這是他在學校這麼多年第一次在學校的咖啡店裡喝咖啡，他對咖啡沒什麼研究，也喝不出什麼好壞。

女生坐下後：「同學，你哪個系的啊？好像很少看到你，是這個校區的嗎？」

程敘輕聲回答：「社會學系，妳呢？」

「我是設計學系的，因為快要校慶了嘛，我們設計學系想要瞭解大家對校慶的風格有什麼的……有點煩人啦……哎，不過說起來，上個月設計學系和社會學系有活動，好像沒看到你，你沒來哦？」

「……嗯，沒去。」不知道為何，也許是聽到某個詞的原因，程敘的聲音微微有些發顫。

「好可惜啊，上次活動其實挺好玩的，是剛開發的旅遊區，那裡有一大片原始森林呢，從山上望下去視野超讚，你錯過了好可惜……哎，你你你你你怎麼啦？」

女生突然一臉驚慌失措地看著程敘。

程敘一愣，開口說道：「什麼怎麼了？」

話一出口，程敘也覺得聲音有些怪怪的，變得十分艱澀，隨即他發現臉上冰涼一片。

「啪噠！」

咖啡杯裡好像落了什麼東西進去了，但程敘沒看清。

而後對面的女生掏了一包面紙遞過來，「這家咖啡店的咖啡這麼難喝嗎？居然難喝到哭嗎？」

程敘這才發現自己淚流滿面，莫名其妙的悲傷幾乎充斥了內心的每個角落，如同年久失修的大壩，被洪水沖垮，所到之處一片狼藉。

怎麼回事啊？為什麼那麼難過啊……

程敘都不知道這一切是怎麼發生的，愣了一會才反應過來——這熟悉的痛苦，是來自於三年前。

這股悲傷如同三年前的土石流一般迅猛，在他甚至沒有反應過來的時候，就已經墜入了谷底。

「哎……哎……那個，你怎麼哭得越來越厲害，同學你需要幫忙嗎？」

「沒，沒事。」
程敘也有些手忙腳亂，他想要把眼淚止住，但不論他怎麼努力，淚腺彷彿不是他的一樣，他沒有辦法控制臉部的表情，也沒有辦法抵擋那醞釀了三年的悲傷洪流。
女生的應對方式也很簡單，她從包裡拿出了第二包面紙，拆開來抽出一半放到程敘面前，好像在說——哭吧，面紙很多！
程敘沉寂已久的內心在這一刻感到了無比尷尬，但他控制不住自己，一邊感謝，一邊抽出紙巾擦拭眼淚。
大概過了整整十五分鐘。
好一會他才把眼淚收回，他看著面前被自己用了一包半的面紙，又看了看面前面容秀麗的女生，覺得有些尷尬，「謝謝，請問怎麼稱呼妳啊，同學？」
「哦，我叫許晴，不用那麼客氣啦。」
「嗯，我叫程敘，這杯咖啡還是我請吧，剛才嚇到妳了，不好意思。」
全書完

成爲家人的
可能性

後記

久違的實體出版，久違的單行本。

這些年出了很多事，有很糟糕的事，讓我一度懷疑自己挺不過去，甚至很長一段時間失去了寫作的動力。但每次難受的時候，都會告訴自己，只要過了這關，這些經歷都會成為未來創作的養分，結果這個理由效果出奇地好。

讓我認識到人和人之間的溝通，真的存在極限。很多時候，我們只能接受這件事，並且期待終有一天，我們能在互相理解的宇宙裡重逢。

這本書是我準備了很久的題材，是當時來到臺北，看到亞洲第一次同性戀合法大遊行時靈機一動想到的。

既然性別相同或者不同都沒有什麼關係，那麼難道戀愛關係就必須是必備的條件嗎？為什麼一定要以結婚的方式呢？

桃園三結義不可以嗎？

於是就有了這本書，算是探討未來家庭組成的一種新的可能性。

寫小說果然還是一件很開心的事，每次寫完一本，都會自我感動好久，覺得一切苦難都是值得的。

就和寫這本書的初衷一樣，人生這種事，果然可能性要多一些才過得下去啊！

PS：下一本應該是系列作！

二〇二三年十月一日星期日

千川

嬉文化
成為家人的可能性

著　　者／千川　　繪　　者／Ooi choon liang
執　行　長／陳君平　　美術總監／沙雲佩　　國際版權／黃令歡、高子甯、賴瑜妗
榮譽發行人／黃鎮隆　　美術編輯／陳聖義　　文字校對／朱瑩倫、施亞蒨
協　　理／洪琇菁　　執行編輯／丁玉霈
總　編　輯／呂尚燁　　內文排版／謝青秀

出　　版／城邦文化事業股份有限公司　尖端出版
台北市中山區民生東路二段一四一號十樓
電話：（〇二）二五〇〇—七六〇〇
傳真：（〇二）二五〇〇—二六八三
E-mail：7novels@mail2.spp.com.tw
發　　行／英屬蓋曼群島商家庭傳媒股份有限公司城邦分公司　尖端出版
台北市中山區民生東路二段一四一號十樓
電話：（〇二）二五〇〇—七六〇〇（代表號）
傳真：（〇二）二五〇〇—一九七九
中彰投以北經銷／楨彥有限公司（含宜花東）
電話：（〇二）八九一九—三三六九
傳真：（〇二）八九一四—五五二四
雲嘉以南／智豐圖書有限公司
（嘉義公司）電話：（〇五）二三三—三八五二
傳真：（〇五）二三三—三八六三
（高雄公司）電話：（〇七）三七三—〇〇七九
傳真：（〇七）三七三—〇〇八七
香港經銷／城邦（香港）出版集團有限公司
香港灣仔駱克道一九三號東超商業中心一樓
電話：（八五二）二五〇八—六二三一
傳真：（八五二）二五七八—九三三七
E-mail：hkcite@biznetvigator.com
新馬經銷／城邦（馬新）出版集團 Cite（M）Sdn. Bhd.
E-mail：cite@cite.com.my
法律顧問／王子文律師　元禾法律事務所
台北市羅斯福路三段三十七號十五樓
二〇二三年十二月一版一刷

■中文版■

郵購注意事項：
1.填妥劃撥單資料：帳號：50003021戶名：英屬蓋曼群島商家庭傳媒(股)公司城邦分公司。2.通信欄內註明訂購書名與冊數。3.劃撥金額低於500元，請加附掛號郵資50元。如劃撥日起 10～14日，仍未收到書時，請洽劃撥組。劃撥專線TEL：(03)312-4212 ・ FAX：(03)322-4621。E-mail：marketing@spp.com.tw

國家圖書館出版品預行編目資料

成為家人的可能性 / 千川作 . -- 一版 . -- 臺北市 : 城邦文化事業股份有限公司尖端出版 : 英屬蓋曼群島商家庭傳媒股份有限公司城邦分公司尖端出版發行 , 2023.12

面 ; 公分

ISBN 978-626-377-386-8 (平裝)

857.7 112016884